山东文化体验廊道故事丛书·上编

黄渤海
历史文化故事
（一）

HUANGBOHAI LISHI
WENHUA GUSHI

总编纂　王志民
主　编　刘凤鸣

山东文艺出版社

图书在版编目（CIP）数据

黄渤海历史文化故事. 一 / 刘凤鸣主编. — 济南：山东文艺出版社，2023.9

（山东文化体验廊道故事丛书）

ISBN 978-7-5329-6909-8

Ⅰ. ①黄… Ⅱ. ①刘… Ⅲ. ①历史故事—作品集—中国 Ⅳ. ①I247.8

中国国家版本馆CIP数据核字（2023）第105865号

黄渤海历史文化故事（一）
HUANGBOHAI LISHI WENHUA GUSHI

总编纂　王志民　　主编　刘凤鸣

主管单位	山东出版传媒股份有限公司
出版发行	山东文艺出版社
社　　址	山东省济南市英雄山路189号
邮　　编	250002
网　　址	www.sdwypress.com

读者服务	0531-82098776（总编室）
	0531-82098775（市场营销部）
电子邮箱	sdwy@sdpress.com.cn

印　　刷	山东临沂新华印刷物流集团有限责任公司
开　　本	880毫米×1230毫米　1/32
印　　张	7
字　　数	145千
版　　次	2023年9月第1版
印　　次	2023年9月第1次印刷
书　　号	ISBN 978-7-5329-6909-8
定　　价	59.00元

前　言

　　党的二十大报告明确提出："坚守中华文化立场，提炼展示中华文明的精神标识和文化精髓，加快构建中国话语和中国叙事体系，讲好中国故事、传播好中国声音，展现可信、可爱、可敬的中国形象。"习近平总书记在文化传承发展座谈会上深刻指出，要在新起点上继续推动文化繁荣、建设文化强国、建设中华民族现代文明。编纂出版《山东文化体验廊道故事丛书》（以下简称《丛书》）是深入学习贯彻党的二十大精神和习近平总书记重要指示精神，贯彻落实山东省委、省政府关于打造文化"两创"新标杆部署要求的重要举措，是立足山东文化资源优势，以沿黄河、沿大运河、沿齐长城、沿黄渤海和沿胶济铁路等文化体验廊道为轴线，以各市文化体验廊道建设为着力点，撷取历史文化精华的大型普及性学术工程，是在新的历史起点上讲好山东故事、坚定文化自信、推动文化繁荣、促进文旅结合的重点文化项目。

　　山东，古称"齐鲁之邦"，是中华文明最重要的发源地之

1

一。奔流的黄河由山东入海，齐鲁大地是黄河文明的核心区域之一。巍峨屹立的泰山，自古以来就是历代帝王封禅之地，是中国东方上层文化的活动中心，1987年被联合国教科文组织列为中国第一个世界文化、自然双重遗产。黄渤海环绕的山东半岛是全国最大的半岛，漫长海岸线形成了丰厚的海洋文化资源，一直是中国北方海上丝绸之路的重要门户。山东又是伟大思想家、教育家孔子和孟子的故乡，是儒家文化的发源地，是中国人乃至全球华人、华裔心中的"圣地"。在被称为中华文明"轴心时代"的春秋战国时期，齐鲁是中华文明的"重心"所在：诸子百家，多出齐鲁；儒墨显学，独领风骚。齐国故都临淄，是当时最大的工商业都城，被国际足联命名为"足球起源地"；这里诞生了中国历史上最早的大学堂——稷下学宫，是诸子百家争鸣的学术文化中心；齐长城西起济水，东到大海，蜿蜒于泰沂山脉，全长一千余里，是现存最早的有准确遗迹可考、保存状况较好的古代长城；被列为世界文化遗产名录的京杭大运河，纵贯山东南北，极大影响了元明清以来山东地区的经济文化发展，鲁西沿岸城市带的崛起，成为中国南北文化交流融合的运河明珠，见证了山东地区社会文化的隆替嬗变。近代以来，随着烟台、青岛等沿海城市的崛起和胶济铁路的修筑，山东成为中西文化交流、冲突、碰撞、融合的核心地区之一，收回青岛主权成为"五四"爱国运动的导火索。革命战争年代，山东党政军民用生命和鲜血凝聚而成的"党群同心、军民情深、水乳交融、生死与共"的"沂蒙精神"，是齐鲁优秀文化、伟大建党精神与中国共产党领导的人民革命英雄主义精神的集中体现，是对山东境内沂蒙、胶东、渤海、鲁西（冀鲁豫边区）等抗日革命根据地红色文化、革命精神的集中凝练和概括，与延安精神、井冈山精神、西柏坡精神等一起成为中国共产党人精神谱系的重要组成部分。齐鲁文化在中华文明发展中的特殊地位，山东地区源远流长、丰富厚重的文化资源，坚定文化自信和自觉的历史责任担当是我们举全省之力编纂《丛书》的内在动力。

《丛书》以国家文化公园建设为引领，以落实文化"两创"、推动"两个结合"为宗旨，以推动全省及各市文化建设为目标，是具有权威性、故事性、可读性、趣味性的历史故事集成，是一套可携带、可利用、可转化的文化读本。《丛书》分为上、下两编，上编16本，围绕"四廊一线"文化体验廊道、八大文化传承发展片区展开。"四廊一线"构筑的沿黄河、沿大运河、沿齐长城、沿黄渤海、沿胶济铁路的文化交通线纵横交错，相互联系又各具特色，其特点是以脍炙人口的故事形式联通"四廊一线"的人物事迹、重点景区、遗址遗迹等，厚植文化体验廊道的思想内涵和文化底蕴。八大文化传承发展片区，既涵盖了沂蒙、渤海、鲁西、胶东四大红色文化片区，又吸收了泰山文化、儒学文化、齐文化作为重要支撑，演奏出山东历史文化、革命文化、社会主义先进文化的时代交响。下编16本，紧紧围绕各地市优势和特色展开，主要记述本地区历史故事、文化遗址与人文景观、非物质文化遗产等内容，是推动文化廊道落地、推进片区文化建设、增强文化认同、深化文旅体验的重要载体。

《丛书》由山东省委常委、宣传部部长白玉刚统筹谋划和指导，省委宣传部专门组建学术编纂委员会负责具体实施，省直各有关部门和各市委宣传部给予大力支持配合，省内相关高校、研究机构和各市有关单位共100余位专家学者积极参与，历经酝酿策划、启动实施、提纲设计、样稿研讨、通稿审稿、编辑出版等六个阶段。2022年以来，省委、省政府先后印发《关于打造中华优秀传统文化"两创"新标杆行动计划（2022—2025年）》《关于建设文化体验廊道推动文旅融合高质量发展的实施计划（2023—2025年）》，全方位挖掘展现山东人文沃土可以深度耕作的比较优势，为《丛书》编纂做好了思想、学术和组织准备。具体编纂过程中，省委宣传部专门印发《关于做好〈丛书〉编纂工作的指导意见》，统一思想认识，作出全面部署。编委会以线上线下形式，多次召开全体会议和分组专题会议，狠抓三个重要工作节点：**一是审定编撰提纲。**通过反复研讨、交流、修改、会审等形式逐一审定编写提纲，最大程度保证全书质量。**二是树立样稿典型。**集中力量撰写、反复研讨修改，确定分类样稿，做好典型导引。**三是全力做好通稿统审。**采用主编初审、各卷主编交流互审、学术专家主审、首席专家终审等层层把关、集中审查、反复修改的方式提高稿件质量。

回顾《丛书》编纂工作，始终注意把握好以下四个方面：**一是坚定文化自信。**通过挖掘历史资料、开发历史资源、恢复历史场景等形式，获取文化营养，坚定文化自信。**二是助推文化自觉。**通过传承弘扬优秀传统文化、红色文化、社会主义先进文化，深入挖掘历史先贤和革命先烈的伟大事迹，推动文化自觉，与培育践行社会主义核心价值观有机结合。**三是落实文

4

化"两创"。精选真实历史故事，注重挖掘故事背后的文化内涵，推动齐鲁优秀传统文化在新时代创造性转化和创新性发展，推进文化自信自强。**四是服务文旅融合。**借助故事、景观、遗址、非遗讲解词、短视频等融媒体形式，让广大读者在区域文化旅游、廊道文化体验中感受中华文化的博大精深，增强民族自豪感和自信心。

在内容撰写上注重四个结合：**一是与廊道体验相结合。**突出廊道建设概念，以故事为纬线，以时代发展为轴线，通过富有魅力的故事讲述，展示历史人物、景观、史实，引领读者体验传统文化的恢宏气势和博大精深。**二是与景观建设相结合。**以真实动人的故事为景观建设提供重要的历史资源和文化依据，通过一个个精品景观建设展示历史故事的丰富内涵和当代价值。**三是与文物保护相结合。**通过讲述历史故事，让广大读者进一步了解相关文物、遗址的历史文化价值，提升文物保护意识，推动群众性文物保护工作再上新台阶。**四是与媒体利用相结合。**立足于故事转化，使故事成为各类媒体传播的重要基础、蓝本和素材，成为廊道文化、片区文化讲解、传播的重要学术依据和资料来源。

《丛书》的编纂出版，是普及、传播优秀传统文化，推动文化"两创"的新尝试。衷心希望广大读者通过阅读本书，吸收丰富文化营养，多提宝贵修改意见。

编者

2023 年 8 月

导　语

　　山东是海洋大省,濒临渤海与黄海,海岸线绵长,海域广阔。大陆海岸线北起冀、鲁交界的漳卫新河河口,绵延东向,环绕半岛,向西至鲁、苏交界的绣针河河口,海岸线总长3345公里,海洋面积15.96万平方公里。沿海四季分明,气候宜人,历史文化悠久,景观遗址众多,物产丰饶,经济发达,以滨州、东营、潍坊、烟台、威海、青岛、日照七个城市,三十七个区、县(市)为节点,形成了美丽富饶的蓝色经济带、特色鲜明的滨海观光带、人与自然和谐相处的文化体验带。丰富的海洋历史文化积淀与环黄渤海的空间景观,共同构成了山东环黄渤海文化廊道。

　　山东环黄渤海文化廊道由沿海文化元素和空间元素共同构成,其中文化是廊道形成的关键要素,需要有长期的历史积淀与鲜明的文化属性,而历史的动态演进则不断丰富、增强和扩大山东环黄渤海文化廊道的内涵、功能与价值。山东黄渤海海洋文明源远流长,以渔猎文化、制盐文化、航海文化、海上贸易文化、海神崇拜与海上仙山文化等为主要内容,共同构成了早期山东黄渤海海洋文明，成为海洋文明的源头。北辛文化时期，山东黄渤海沿海的先民已经开始了海洋渔猎活动。到龙山文化时期，独木舟的出现不仅为深海渔猎，也为与朝鲜半岛的文化交流，提供了技术条件的支持。大汶口文化中晚期，渤海滨海一带出现"宿沙煮盐"，首创了海盐生产工艺，"取卤—制卤—煮盐"工艺逐步成熟并广泛应用，使莱州湾南岸等沿海地区成为先秦时期重要的盐业基地。远古时期的"日出旸谷""十日神话"，最早反映了山东黄渤海海洋文化特色。春秋战国时期，从海洋文化中孕育产生的海上神山与蓬莱仙境，使胶东半岛成为神仙文化的发祥地。这一时期，山东沿海与朝鲜、日本的文化交流与商贸活动广泛展开，开启了东方海上丝绸之路。海上丝绸之路与海上仙山仙境，共同赋予了早期山东海洋文化新文化特质。齐人徐福入海东渡，沿途传播了秦朝先进的文化与生产技术，开创了中华文明大规模对外传播、交流的先河，成为中国航海史上第一位载入史册的航海家，韩国和日本至今仍留存有许多与徐福东渡有关的遗址、遗存和传说故事。秦始皇嬴政三次巡游山东半岛，汉武帝刘彻九次东巡均到了山东半岛。秦始皇与汉武帝环黄渤海巡游，最早奠定了环游山东半岛的文化线路。

空间元素是在廊道的框架内"具有重要历史或旅游价值的元素"，是廊道文化的物质载体，体现为节点与通道组合中的自然景观、人文景观等。山东环黄渤海三千多公里的沿海廊道上拥有众多节点性的自然与人文景观。海山交会，沿海有被誉为"海上仙山之祖"的昆嵛山、"大海东来第一山"临朐沂山、中国书法名山莱州云峰山、"佛教胜地"荣成赤山和"大东胜境"铁槎山，以及招远罗山、海阳招虎山等，山海相依，风景壮美。山东沿海历史文化悠久，考古遗址与人文景观丰富，在沿海发现的原始人类遗址有五十多处，海丰塔、蓬莱阁、登州水城、环翠楼、天柱山摩崖石刻、寒同山石窟、圣经山月牙石刻、槎山千真洞等人文景观竞相争辉，丰富了沿线海山的人文底蕴。山东黄渤海绵长的海岸线上拥有东营市黄河口生态旅游区、烟台龙口南山景区、烟台市蓬莱阁（三仙山·八仙过海）旅游区、威海刘公岛风景区、威海市华夏城旅游风景区五个5A级景区，占山东省5A景区的半壁江山。海山形胜，钟灵毓秀，吸引了无数的伟人名士、文人骚客登临远眺，赋诗歌咏。历代诗人的名篇佳作为山海增色，诗与景交相辉映，丰富了沿线海山的人文底蕴，使壮美的海山拥有了诗情画意。

"海纳百川，有容乃大"，自古以来，海洋就是开放包容的象征，人类从陆地一步步迈向海洋的过程，实质上就是从封闭走向开放的过程。山东半岛三面环海，一面连接内陆腹地，独特的地理环境，使山东沿海不同于一般的沿海地区和岛屿，接连内陆腹地，植根儒家传统文化，成为齐鲁文化的有机组成部分。大海的神秘莫测与海市蜃楼的奇幻景观，孕育了充满奇思妙想的海仙文化，成为方仙道活动的主要区域和道教文化的重要源头。佛学传入中国之后，也迅速在山东半岛盛行，形成了道释儒和谐并存的文化氛围。山东沿黄渤海的人民滨海而居，向海而生，面对寻之无际、望之无涯的大海，乘风驭浪，不畏艰险，表现出勇于探索的豪迈激情和坚韧不拔的意志。历史与文化、环境与现实，共同塑造了山东黄渤海廊道开放包容的文化属性、坚毅勇敢的精神特质。

立足烟波浩渺的大海，回望悠久漫长的历史，我们无意也无力把整个大海呈现给读者，而是通过撷取一朵朵灿烂的浪花，编写一个个生动有趣的故事，反映大海的博大精深，留下海洋历史文化的美丽身影，展示优秀中华文化的灿烂辉煌。因此，本书故事力图以沿海的滨州、东营、潍坊、烟台、威海为经线，以文化演进的历史逻辑为轴线，以重大历史事件、重要历史人物、重点历史时期，以及有代表性和典型意义的故事为纬线，进行整合归类，形成主线贯穿、归类组合、引线贯珠的框架结构。

本书共收录了八十一个故事。全书主要内容：一、秦始皇、汉武帝东巡山东半岛宣示国威，治理海疆和寻求长生不老药的故事，徐福东渡及流传于日本、韩国的传说故事。二、山东半岛历史上对外贸易往来、文化交流的故事。三、风光异秀峭拔的历史文化名山昆嵛山流传的民间故事和动人传说，全真教在昆嵛山一带兴起，及丘处机等全真七子弘扬全真教、拯救战乱中百姓的故事。四、历史上与山东有关的捍卫海疆的历史人物和历史故事，重点介绍了戚继光、甲午海战英烈等可歌可泣的动人事迹。五、近代山东对外贸易及与西方的文化交流，民族工商业的崛起和烟台打响山东辛亥革命第一枪的故事。六、蕴含人间正义、人世哲理与人性温情的海洋神话故事与传说。八、反映山东黄渤海海洋特色的民俗故事。

山东黄渤海历史文化故事具有重要的历史意义，承载着民族的文化传统和伟大梦想，蕴含着丰富的文化资源和精神滋养。

历史长河滚滚而逝，这些故事却历久弥新，呈现出旺盛的生命力，成为延续历史文脉、坚定文化自信的重要精神支柱。今天，我们走在中华民族伟大复兴的道路上，讲好山东黄渤海历史文化故事，凝聚民族精神力量，具有重要的时代价值和社会影响。

习近平总书记曾经深刻指出："纵观世界经济发展的历史，一个明显的轨迹，就是由内陆走向海洋，由海洋走向世界，走向强盛。"2018年全国两会期间，习近平总书记参加山东代表团审议时，强调要更加注重经略海洋，希望山东发挥自身优势，努力在发展海洋经济上走在前列。习近平总书记的希望成为山东海洋建设的思想指引与动力源泉，奏响了新时代山东海洋强省的华彩乐章。我们希望通过山东黄渤海历史文化故事，能够从文化层面助力山东海洋强省建设，将山东黄渤海廊道丰富的旅游资源与优秀传统文化紧密融合，实现山东黄渤海文化的创造性转化、创新性发展，增强山东黄渤海历史文化的普及性、大众化，提高黄渤海文化的影响力、传播力，让山东黄渤海廊道文化更好地走向大众。

目　录

一

秦皇汉武东巡　徐福入海东渡

千里海疆，烟波浩渺，海市蜃楼，变幻莫测，大自然的神奇景观赋予了山东黄渤海先民丰富的想象力，创造了以海上仙山为中心的神话传说，成为海疆文化的启蒙，使"蓬莱"意象成为美好的象征与理想追求。秦始皇嬴政与汉武帝刘彻东巡山东沿海，方士徐福入海东渡，留下了大量的故事传说。秦皇汉武东巡以及徐福东渡，寻仙求药是不争的事实，但是在漫漫长路的求索中，凭山临海的远眺、射鱼鞭石的壮举、扬帆驭海的远航，更展示了认识与了解海洋、经略与征服海洋的豪迈气魄与远大追求，蕴含着积极的海洋意识与探索精神。

（一）秦始皇东巡

公元前 221 年，秦始皇嬴政统一六国建立秦朝，成为中国历史上第一个中央集权制国家的帝王，秦国也由最初的内陆国家扩张成为拥有漫长海岸线的濒海国家。为加强中央集权统治、巩固秦朝在东方的地位，秦始皇曾先后五次进行全国巡游，后四次皆是从当时的都城咸阳出发向东出巡，史称东巡。四次东巡中，有三次的主要目的地为山东海滨，可见其对海洋探索与海疆开发的重视程度。胶东半岛的仙山传说更是令秦始皇心驰神往，他数度登临芝罘、成山、琅琊等地，在黄渤海沿岸留下了许多影响至今的石刻遗迹与传说故事。

1. 文山召士

秦始皇嬴政扫平六国，一统宇内，为震慑海内，又开启了浩浩荡荡的东巡之旅。东巡的大队车马途经腄县东部（今威海市文登区境内）时，秦皇下辇，遥望远处山清水秀，祥云萦绕；近观身旁的一座小山，树木茂盛，青翠欲滴，群鸟欢鸣。秦皇甚为愉悦，遂召集当地的官员和文人一起登上了山顶，并令文人作诗，歌颂秦王朝的功德。后人以此为据，将此山命名为文登山，简称文山，取文人登山之意。秦始皇"文山召士"的故事也在后世流传。

关于秦始皇"文山召士"的故事，最早的史料来自秦始皇东巡一千二百多年之后宋代《太平寰宇记》的记载："文登山，在县东二里。故老相传，秦始皇东巡，召集文人登此山，论功颂德，因名。"秦始皇"文山召士"只是当地的传说。但这个传说，也并非无稽之谈。秦始皇东巡山东半岛，沿途立碑刻石，歌颂秦之功德，《史记》有详细记载。秦始皇东巡，至少两次到过山东半岛最东端的成山头，大队人马路经今文登文山也在情理之中。秦始皇在此地登山并召集文人为自己歌功颂德，也是完全有可能的。后世文人墨客路经文登时，多登文山，并留下了多首与"文山召士"有关的诗篇。现存世最早，也最有代表性的诗作是元朝王思诚的《文山》，其中写道："东方海国几千里，文士登临此得名。"王思诚是进士出身，元顺帝时为礼部尚书兼国子祭酒，曾主持辽、金、宋三史的修撰，是位知识渊博、心系百姓疾苦的官员。至正十二年（1352），王思诚曾奉命巡视山东，召集父老，了解民意，《文山》一诗应是其巡视山东路经文山时有感而发。

为纪念秦始皇"文山召士"，齐、宋时在山顶建立了"召文台"。召文台前有一块名为"文星石"的奇石，石前刻有魁星像。魁星是传说中主宰文运的神，当地百姓每年九月九日都要登高至文山秦庙祭祀秦始皇，学子们在赶考之前也要到魁星像前祭拜。

"文登"之名内涵丰富，在后世又延伸出多种含义，成为当地最富有代表性的文化符号。至南北朝时期，朝廷在文登山附近设置文登县。古山古台穿越历史烟云，至今仍在诉说昔日古韵雄风。如今的文山和召文台古木参天，庙宇恢宏，雕栏画栋。今人慕名参观，感受两千多年前的秦皇威严以及文人们争颂功德时的文思神采，不由得生发几分遐想与感慨。

文登民风淳朴，崇尚文化，再穷也要读书的道理自古就为百姓所接受。召文台的修建，更是使崇文尚教之风深入民心，累代不衰，最终汇聚成文登学。文登学历史久远，崇文尚教的传统悠长，文登境内除了学宫，还有私塾、书院、社学等，文登城内还有众多的魁星阁、文昌阁等。文登学强调尊师重教、崇文好学、创新进取等，对当地人民的精神风貌和良好社会风气的形成发挥着重要的作用。

2. 芝罘射鲛

秦始皇嬴政巡游天下，展示大秦帝国强盛国力，以震慑四海内外。他东临渤海，登览琅琊，豪情满怀，见云海交界之处，山川若隐若现，蔚为奇观壮景，宛若传说中蓬莱仙境。方士借机鼓动秦皇追求长生，徐福上书，说自己可以东渡入海，求长生不老药。秦始皇欣然允许，派遣徐福乘船出海，在烟波浩渺的茫茫大海中寻找仙山仙药。徐福数年间耗费银两甚多，始终未得，怕秦皇责备他空手而归，于是谎称："蓬莱仙山确有长生药，但船队渡海时总被大鲛鱼阻拦、袭击，所以始终无法取到仙药。"

此前秦始皇曾做过一个梦，梦中他与海神大战一场，那海神形与人似，凶猛异常。占梦博士解梦说："海神不可见，他是以大鱼和蛟龙作为出没的征兆。如今皇上诚心诚意祭祀祈福，竟还有此恶神出现，应当立即除去，那样善神才能到来，佑护我朝繁盛长久。"听了这一番话后，嬴政相信了徐福所言，并听从徐福的建议，带着擅长射箭的武士一同入海。

秦始皇命入海者携带捕杀大鲛的武器，包括威力十足的弓弩，并对随行武士说："等大鲛鱼出现后，就用连弩射杀它！"船队劈波斩浪由琅琊北上，一路寻找大鲛的踪迹。到达成山时，岸边群山苍翠，大海广袤无垠，但未见大鲛踪影。入夜后，秦皇傲立船头思绪万千，他凝望着无垠的大海与漫天的星辰，等

5

待着与大鲛一决胜负。

船队继续航行至芝罘海域，突然天气骤变，这里海水不同于别处，浑浊不见底，海面不再平静，波涛汹涌，海上奇峰突显，峰峦如聚，黑云滚滚。大鲛在惊涛骇浪中现身，异常巨大，一呼一吸如轰隆作响的巨雷，十分凶悍。大鲛鱼翻身捣海，浊浪排空。秦皇一声令下，无人后退，钲铙声四面响起，震天动地。大鲛被巨响惊动，激起数十米高的海浪水墙。雄师劲旅四方列阵，连弩齐射。强弩竞响，争先恐后地划破天际，羽箭刺破海面的水雾，直中大鲛鱼鳍。大鲛想摆尾逃离，为时已晚。一时间，血星四溅，海面上升腾起血雾，弥漫着浓重的血腥味。大鲛剧痛难忍，海中剧烈挣扎翻腾，层层巨浪直袭船队。船只随浪起伏，几乎就要倾侧了。船上的人敛声屏气，把住船上的柱子、栏杆，待站稳后，再次搭箭，"铮铮"几声，箭矢离弦，羽箭疾驰，不偏不斜正中大鲛鱼。武士们一字排开，挽弓如满月，箭矢像雨点一样密集，又像张大网一样罩住大鲛鱼。大鲛再无逃脱之机会，最终被射杀，身带数箭沉入海底。海面慢慢恢复平静，天上的黑云也逐渐散去，金灿灿的阳光倾泻下来，轻柔地洒在海面上。这就是清代谢景谟在《吊始皇芝罘射鱼》中所描述的场景："强弩竞响苍岩里，劈破黄云羽箭驰。却制长鲸如白小，威行水国倍神怡。"

秦始皇虽成长于秦川腹地，却有开拓和挑战海洋的雄心壮志。秦始皇将"海洋"作为"海内"的重要组成部分，在统一六国后即开始大规模的巡海活动。"挑战恶神，射杀大鲛"的故事所呈现的是其威服海内、巩固统治的魄力，和探索、开拓海洋及海外世界的远大政治理想。

3. 鞭石入海

威海市荣成成山头南侧的大海中排列着四块巨石，静静矗立于海中。礁石随潮水的涌动忽隐忽现，历经日晒雨淋，已有岁月的斑驳。

传说当年秦始皇听闻海东有日神，便不计成本地命百姓运石填海，建造通往海东的石桥，规模堪比再建长城。许多役夫倒下，秦始皇又征调更多役夫填补空缺赶工程。

一日，忽见海风四起，吹得太阳隐于云中，海浪涌起。一时间天地昏暗，不辨昏晓。役夫们被吹回岸边，秦皇艰难站立于石桥之上。等他勉强睁开眼睛一看究竟时，竟见一混沌身形在海面中心，手持长物似鞭，向水面挥打。只见其驱赶山石从四面八方过来，化作数根石柱，竖立于海面。

秦皇欲走近一看究竟，却被大风阻止不得向前。原来那混沌之形是海中之神，见皇帝执着于造桥，便出手相助。秦皇激动不已，几度请求与海神一见，海神只得应下来。但海神说自己面相丑陋，须秦皇承诺不得描绘他的面貌，才和他见面。

到了相约的日子，皇帝仪仗、随从卫军一众皆在海上石桥随侍秦皇身后，千军万马等待迎拜海神。秦始皇表面对海神恭敬，却偷偷在队伍中藏匿了画匠，命其悄悄画下海神的真面目。海神发现后，怒其违背诺言，挥动长鞭击向石桥。秦皇惊惧，即令大军撤退，急转马头退回成山头。大军刚到岸，几十余里的石桥轰然坍塌，只剩几块巨石。

秦始皇鞭石入海的故事流传已久，晋代伏琛在《三齐略记》中记载道："秦始皇于海中作石桥，海神为之竖柱。始皇求为相见。……乃入海四十里，见海神，左右莫动手，工人潜以脚画其状。神怒曰：'帝负约，速去。'……画者溺死于海，众山之石皆倾注，今犹岌岌东趣。"唐代诗仙李白曾在《古风》中咏过此事："秦皇按宝剑，赫怒震威神。逐日巡海右，驱石驾沧津。征卒空九宇，作桥伤万人。但求蓬岛药，千载为悲辛。"清朝文登知县王一夔也写下了《秦桥古迹》："鞭石曾闻海上游，浪传遗址至今留。蓬莱有路通三岛，方士何缘到十洲。晓日山峰天欲尽，暮潮烟雨水空流。当年误学长生术，未解神仙不可求。"

此后，很多文人墨客亲临成山头，站在岸边礁石上远眺大海，通过对石桥遗迹的直观感受，表达自己对秦皇造桥的看法，也引发无数人对海洋的遐想。

（二）徐福入海东渡

据《史记·秦始皇本纪》记载，秦始皇曾两度派遣徐福入海寻访仙人、仙药，而徐福"得平原广泽，止王不来"，一去再也没有回来。徐福入海东渡事件在东亚文化交流史上具有极其重要的影响，今韩国和日本仍留存有许多与徐福东渡有关的遗址、遗存和传说故事。徐福东渡将中华传统文化传播到海外，将秦朝先进的生产技术带到了当地，为当时东亚社会的发展与进步做出了重要贡献，开创了中华文明对外传播、对外交流的先河，也为后来东亚文明的共同发展与繁荣奠定了良好的基础。

1. 入海东渡

浩瀚璀璨的海洋既神秘万分又变幻莫测，让人着迷又敬畏，而披荆斩棘、不惧艰险的入海人则更令人敬佩。发生在两千多年前的徐福入海东渡是中国乃至世界历史上重要的海洋文化事件，是中华民族早期从大河文明走向海洋文明的尝试与实践。但由于徐福一去未归，致使该事件留下了很多千古之谜。

公元前 219 年，秦始皇来到了山东半岛的琅琊，面对着浩瀚无穷的神秘海洋，再次燃起对长生不老的渴望。正巧此时徐福以方士的身份向秦始皇上书言入海求仙之事，说东海之中有蓬莱、方丈、瀛洲三座神山，神山上有仙人居住，可以得到长生不老药。

秦始皇听后大为高兴，恍若神仙就在眼前，万万不可错过此次良机。于是他命人在琅琊造船，为徐福东渡打造船队。长长的铜钉嵌入船身，船身后侧配有便于操纵航行方向的尾舵，船桅杆上绑有丝绸飘带，以此来判断风向和风力的大小。打造楼船的同时，秦始皇还准备了大量的金银财宝，让徐福带给海中神仙，以换取长生不死的仙药。准备工作完成之后，秦始皇便要求他们乘船入海，前往仙山求仙药。于是，徐福一行乘船从琅琊出发，循海岸水行，四处寻找仙山仙药。但八九年过去了，徐福一无所获。

据《史记·淮南衡山列传》记载，公元前210年，秦始皇又一次出巡琅琊，并召见徐福，询问他入海求仙的情况。徐福欺骗秦始皇说："我出海见到了海神，海神说，你们秦王给的礼品太少了，我的仙药你只能看看，不能拿走。你回去告诉秦王，献上良家的男童和女童以及各色工匠，就可以得到仙药。"秦始皇听后大喜，给徐福遣发童男童女三千和百种工匠，又准备了五谷种子和大量财物，让徐福带着去拜见海神，以求得长生不死仙药。可这次徐福率领庞大的船队进入大海之后，觅得一片辽阔的原野和湖泽，便留居在那里自立为王，再也没有回来。

根据在日本、韩国等地广泛流传的传说以及考古成果来分析，徐福一行应是先到达了朝鲜半岛东南部和济州岛，再途经日本对马岛、壹岐岛到达北九州海岸，之后便进入濑户内海，最终到达熊野滩，即有着广袤平原的日本列岛。有日本学者认为，徐福众人到达日本后，将当时秦朝先进的农耕、纺织、冶炼、医药等技术带到了日本，推动了日本从绳文时代向弥生时代的骤变。朝鲜王朝著名学者、哲学家李瀷也说"徐市（福）浮海而东邦，果有自秦来泊者，辰韩之为徐市（福）国可知"，也就是说，朝鲜半岛东南部的辰韩应是徐福一行人建立的，推动了朝鲜半岛南部的经济发展和文化进步。所以，日本和韩国至今还广泛流传着许多徐福的传说，有人还自称是徐福或徐福随从的后人。日本的新宫、佐贺和韩国的济州岛等地至今还有专门纪念徐福的节日，徐福文化也成了当今中日韩文化交流的重要内容。

2. 济州岛寻药留刻石

在古老而又神秘的海洋神话传说中，徐福堪称中国有文字记载的第一个航海家和探险家。他横渡斑斓灿烂的沧海，不畏艰险，率领众人入海东渡为秦皇求取仙药一事不仅为国人所知，而且在韩国各地也同样广为流传。

朝鲜肃宗朝进士任征夏曾创作有《济州杂诗》："徐市求仙去，应从此岛回。老人南极在，童女玉函来。碧海几回变，蟠桃犹未开。乙那亦尘土，遗庙至今哀。"诗中提到徐福来济州岛采集仙药后回到了中国，济州岛很早就有供奉徐福的庙宇。

徐福率船队一行从山东半岛南端的琅琊古港出发，向东航至朝鲜半岛后便沿西海岸前行，向南驶向了当时以瀛洲山

（现汉拿山）而闻名的济州岛。一望无际的海面上航行着一支向南而行的船队，徐福站在船头，双眉紧皱，似是要寻找一个准确的答案。

数日之后，徐福望着越来越明朗的岛屿长舒了一口气，悬着的心终于得以平静。船队一靠岸，他便一声令下，带领着童男童女大步踏上了这座让他魂牵梦萦而又充满神秘感的仙岛。一行人刚登上岛，便发现岸边立有一块高于人身的岩石，晨光倾落，为其披上了一层金纱。徐福凝视着布满金光的岩石，突然巧思一动，在石身上刻下了"朝天"二字。如今北济州郡有朝天邑、朝天里，传说就源自徐福刻石。

登岛后，徐福就率领着童男童女登上瀛洲山，开启了寻找长生药的漫漫征程。众人从山脚一路攀登，却未曾发现仙药的踪迹。就在众人不抱希望之时，先行登上山顶的徐福终于发现了形与蘑菇相似、颜色棕黄、闪着漆样光泽的被当地人称为"不老草"的植物，也就是"灵芝"。

找到不老草之后，徐福一行人难掩喜悦之情，决定立即下山。中途，海边绝壁前飞流直下的瀑布引起了众人的兴致。但见一条气势如虹的白练一泻而下，在黑色峭壁的映衬下泛起霓彩，令众人震撼不已。面对如此摄人心魄的美丽景色，徐福心生留恋，久久不愿离去。但因返航的时间愈加紧迫，徐福只好在瀑布岩壁上刻下了"徐福过之"四个大字，为此次东渡留下了独特的纪念。

此后，徐福便率众人乘船西行归国，当地的人们便把他离开时的那个渡口叫作西归浦，这便是今韩国济州特别自治道西归浦市市名的由来。

3. 童男山篝火中的纪念

万顷波涛的大海艰险非常，徐福东渡一路劈波斩浪，履险蹈危，经受无数次狂风、恶浪、激流、漩涡的袭击。在历经千难万险之后，船队终于成功登陆。今天的日本流传着许多有关徐福的登陆地点、活动遗迹、祠庙墓葬等传说，童男山古坟的故事就在日本九州地区广为流传。

那时的日本列岛长期处于孤立封闭状态，经济文化十分落后。当地人以狩猎、捕鱼为生，尚不懂农耕。留居金立山期间，徐福派遣随从弟子前往筑紫平原等地传授纺织、农耕等先进技术，以改善当地民众的生活水平。

在当地人眼中，徐福一行人毫无预兆地闯入这片平静的土地，身上带着陌生文明的气息。他们对于徐福等人充满了恐惧、戒备与好奇，不敢贸然接近。但渐渐地，他们发现，徐福等人不仅与他们和平相处，还教授给他们一些先进实用的生产技术，双方关系日益亲近起来。

一天，跟随徐福的一名男童在矢部川入海口处不慎落水，千钧一发之时，路过此地的山内町民众及时营救了他。在当地人的悉心照料之下，男童没过多久便康复了。

恢复健康之后，男童选择留在了这里，向当地民众传授种稻、养蚕、捕鱼等先进技术，用自己的智慧与勤劳来报答当地人救命之恩，极大地改善了当地的生活水平。当地人也非常感激这个心地善良、勤劳能干的男童。

然而天有不测风云，不久之后男童染上重病，不幸身亡。面对男童的死，当地民众悲痛万分，自发地在山上修建起一座坟墓，予以厚葬。为了纪念这位改变他们生活的男童，当地人民称这座山为"童男山"，男童的坟墓也被命名为"童男山古坟"。

徐福听说了这件事后，被深深打动。他郑重地告诉人们："今后，倘若山内町的乡民们乘船出海遇到风浪或者别的危险，我们一定要及时前往救助。"

从此以后，山内町的民众在乘船出海之前，都会前往童男山古坟捡拾碎石来护身，请求男童的护佑。这一习俗延续了千百年。无论遇到大事还是小事，人们都要到童男山古坟参拜，取来碎石护身。日复一日，年复一年，童男山古坟的棺盖上布满了人们敲取碎石的痕迹，这些痕迹中蕴含着人们对男童及徐福深深的尊敬与怀念之情。

此外，八女市还会于每年一月二十日在童男山古坟前燃放篝火，举行童男山篝火祭，人们以这种方式来纪念传播先进技术的男童和为当地社会进步做出巨大贡献的徐福。久而久之，童男山篝火祭成为八女市古往今来延续不断的重要习俗。

童男山古坟和篝火祭所蕴含的是当地百姓发自内心的尊敬与感激。这种刻在血脉之中的情感是日本人民对徐福东渡广布和平、平等相待、无私奉献的回馈。当年徐福一行播下的文明的种子，如今依旧在异国他乡的土地上焕发着蓬勃生机。

4. 富士山化鹤思故土

千万年风云变幻中，自然景观往往是历史最为坚实的见证者，富士山在日本就是这样的存在。古往今来，富士山因其神圣的地位和独特的地形地貌承载了日本民族众多的历史与传说。无数朝圣者到此地游历，期望一探究竟。两千多年前率领船队东渡的徐福也曾到过此地。

五代后周时期的僧人义楚在《义楚六帖》中记载了日本来华高僧弘顺大使（即宽辅和尚）的口述："又东北千余里有山，名富士，亦名蓬莱。其山峻，三面是海，一朵上耸，顶有火烟。日中，上有诸宝流下，夜即却上，常闻音乐。徐福止此，谓蓬莱。至今子孙皆曰秦氏。"富士山作为日本国内最高峰，被日本人民誉为"圣岳"，其"富士"的名称源于虾夷语，有"永生"之意，因此富士山又名"不死山"。徐福正是慕名到此，期望寻找到传说中的长生不老药。日本南北朝著名学者北畠亲房著有史书《神皇正统记》，其中记载了徐福东渡来到日本并在定居安享晚年一事。而山梨县富士山一带流传着徐福化鹤的传说，富士山麓东北侧福源寺内立有一块"鹤冢"石碑，正是当地人民为了纪念徐福而建。

徐福了解到许多有关富士山的传说并对其心生向往，后见到富士山云雾笼罩，山体高耸入云，山巅白雪皑皑，好似一把悬空倒挂的扇子，更觉此山灵气充盈，名不虚传。于是徐福带领众人在富士山一带暂居，一同在富士山麓四处探索，寻找长生不老药。

然而天不遂人愿，徐福一行辗转搜寻数月，也没能发现传说中长生不老药的踪迹。但徐福并不想放弃，他干脆决定留在富士山周边居住，期望用真诚与坚守打动富士山中的神灵。徐福带领一众部下及童男童女，借住在富士山脚下不远处的村落中。当地农户多以耕种、打鱼等农事活动为生，但生产技术并不先进。于是徐福带领部下将更为先进的农耕、捕鱼等技术传授给当地农户，又向当地妇女教授了养蚕、织布等技术，使得他们的生活不再完全仰赖天气。传说富士吉田丝织品"甲斐绢"就起源于徐福一行的丝织技术传授。

　　徐福平日与农户们共同从事生产劳动，一有闲暇便向富士山上攀登，期望能够找到长生不老药。日复一日，徐福逐渐老去，无法再向山顶前进，最终倒在了久居的村口、富士山的脚下。打鱼的村民收工归家行至村口，只见前方富士山间茫茫云雾中有三只白鹤腾空而起，展翅翱翔，穿云而上又绕山缓行。辗转腾挪间，有一只白鹤渐渐力竭，头颈低垂，最终坠向山脚；另外两只则昂首长啼，双腿一屈，于山顶借力后直上云霄而去。而坠下的这只白鹤不在别处，正落在富士山麓的福源寺内。福缘寺向西而建，远远望去，正对着中国大陆——徐福的故乡。寺庙中僧人发现了白鹤，认为这是徐福思念故土所化，于是朝着中国的方向安葬了白鹤，并用寺院内一块一米多高的天然石块作碑，刻上"鹤冢"二字，以示纪念。后来村民们感激徐福在此定居时无私传授给他们先进技术，又在河口湖边建造了徐福神社，将徐福尊为纺织之神世代供奉祭祀。

（三）汉武帝东巡

汉武帝刘彻雄才大略，但在开创大一统盛世之后，却沉溺于寻仙问药之事，对此《史记》《汉书》均有记载。自公元前110年至公元前89年，汉武帝至少十次东巡来到山东半岛沿海地区，痴迷求仙程度较秦始皇有过之而无不及，直至晚年才有所悔悟。汉武帝举全国之力频繁东巡，耗费了大量人力、财力，但与此同时也极大地促进了东部海疆的开发和利用，推动了航海事业的发展，为古代东方海上丝绸之路的形成奠定了基础。

1. 浮海扬国威

汉武帝刘彻北定匈奴，南平南越后，汉朝形成了辉煌的大一统局面，志得意满的汉武帝决定效仿秦始皇东巡，一是为求得神秘的长生药，二是为安定与朝鲜半岛有人员和贸易往来的东部海疆。

公元前94年，汉武帝开始他的第八次东巡。他先是祭祀"齐地八主"，以表达对齐地文化的认同，以仁义之举稳固人心。接着又行至茫茫东海，传说他在此期间捕获了一只朱红色的大雁。此鸟有何寓意？汉武帝令随行的东方朔进行解释。东方朔博学广识，能言善辩，遂解释说，大雁素为君子之鸟，有着仁义礼智信的高尚品质，而这只大雁又为朱色，更是祥瑞。群臣也都称赞这是武帝开疆拓土、治国安邦所致。武帝喜出望外，随即大笔一挥作了一首《朱雁之歌》（现已失传）。武帝南登琅琊（今青岛市黄岛区琅琊镇琅琊山），北上成山（今威海市荣成成山头），在成山举行了极其隆重的祭日大典，尽显大国威仪。

汉武帝此番东巡终点是芝罘岛（今烟台市芝罘岛）。芝罘岛自春秋时期就是旅游胜地，是南与吴越，北与燕地海上往来的重要通道，同时也是与朝鲜半岛人员往来和海上贸易的重要港口。与芝罘岛紧邻的腄县县城是秦代和汉初山东半岛东部的政治经济文化中心。武帝曾在公元前 109 年遣楼船将军杨仆率领五万将士从齐地乘着楼船，渡过渤海讨伐朝鲜，最终大获全胜，开创了武装舰队远航的历史，也是中国航海史乃至东方航海史上的重要事件。这次航海远航，将朝鲜半岛北部纳入大汉的版图，形成大汉帝国的"环黄渤海圈"。

鉴于芝罘岛的重要影响，汉武帝在第八次东巡时还在当年秦始皇射杀大鱼的芝罘岛海域举行了一场盛大的游海活动。游海当日，芝罘岛热闹非凡，场面震撼。上百条扬着军旗的楼船停靠在海边，汉武帝那十几丈高的楼船在其中最为醒目，精致的赤色楼宇，丝帛缠绕的阑干，真是华丽壮观。汉武帝锦衣华服，昂首挺胸登上楼船，风光无限。在众人的注视下和一阵阵欢呼声中，汉武帝乘坐的楼船在众多楼船的护卫下驶入了大海，楼船上的文武群臣和军士一遍又一遍高声呼喊："万岁！万岁！"声音如雷，震撼山海，回响声久久不绝。

2. 躬耕巨淀

经过数年的征战，开疆拓土，大汉王朝在汉武帝时期形成了大一统的局面。与此同时，连年征战耗费国力，导致百姓生活苦不堪言。然而这时的汉武帝非但没有爱惜民生，反倒渐渐居功自傲。放纵奢侈。

公元前89年正月，汉武帝进行了第十次东巡。武帝所经之处，百姓多绳枢瓮牖，蓬门荜户，怨声载道。到了东莱海边，武帝临海远眺，念及自己的过错，痛定思痛，仰天长叹："我从即位以来，做了许多狂妄悖逆的事，使天下百姓遭受困苦，如今追悔莫及。从今以后，凡有伤害百姓、浪费天下财物的事，一律停止。"幡然醒悟之后，汉武帝决定启程返回长安。当行至淄川国（郡治在寿光纪台）时，战马嘶鸣，任鞭抽吆喝，仍是驻足不前。武帝询问此为何地，大臣报曰此乃老丞相公孙弘故里。

此时正值三月春耕之时，汉武帝想起公孙弘兢兢业业，辛苦付出，想到他素来勤俭节用，自己也曾评价他道："身行俭约，轻财重义，较然著明，未有若故丞相平津侯公孙弘者也。"为表达对老丞相的思念和改过自新之意，武帝决定在公孙弘的家乡与民同耕。

一行人马走到巨淀湖畔时，武帝看到此处早莺争树，新燕啄泥，绿渚相连，春水荡波，不由得心驰神往，于是决定就在此地试耕。试耕之日，三月的天气还微微发凉，耕田的武帝一行人却早已汗流浃背，个个腰腿酸痛，叫苦不迭。扶犁起垄后，武帝瘫坐在地头擦汗，阵阵凉风稍解他的劳累，黄土弄脏了他的衣服。侍从们忙来忙去，一刻不停。湖中盛产鱼虾，远处传来阵阵渔歌，回荡在芦苇荡之间。当地至今仍有民谣传唱："桃花盛开三月天，武帝躬耕于岭南。微风习习尚觉寒，湖中荡来打鱼船。"

耕种让武帝深感粮米来之不易，于是诏告天下，恢复民力，休养生息，发展农桑，削减税赋。此后每到开春时节，汉朝的官员多有效仿武帝躬耕田垄者。汉武帝躬耕巨淀的故事，直到今天百姓仍津津乐道。它劝导当权者弃虚务实，以人民的生活为出发点，体验基层人民生活的艰辛，照顾基层人民的感受，如此才能上下一心，众志成城。

3. 悔悟求仙

在中国历史上，汉武帝刘彻是一位非常有才能的帝王。他在政治、军事、文化等方面的成就和贡献是有目共睹的，东汉著名史学家班固曾评价他"雄才大略"，唐太宗李世民则评价道："近代平一天下，拓定边方者，惟秦皇、汉武。"然而他在雄才大略的背后却迷信鬼神，追求长生不死，并且进行了疯狂的求仙举动。

汉武帝对求仙的痴迷程度，与秦始皇相比有过之而无不及。他封赏方士百余人，又东巡十次之多，六十八岁高龄仍然千里迢迢一路劳顿，就为了在海浪汹涌的岸边远眺仙山。他甚至想要以身犯险，下海求仙，大臣再三阻拦，这才罢休。

汉武帝的求仙举动可用两个字来概括，"痴"与"悔"。那么他到底有多"痴"呢？

元封二年（前109）正月，公孙卿上奏说："我在东莱山见到神仙，他说想见见天子。"汉武帝心中喜不自胜，想着能见到神仙便可追寻长生，欣然应允。自此，汉武帝开始了他长达半生的对公孙卿的宠信。他前往缑氏城，任命公孙卿为中大夫，然后听信公孙卿，到了东莱山寻找仙迹，住了几天，却什么也没见到，只看到一个巨型足迹。公孙卿谎称这足迹寻常人不可能拥有，定是仙人足迹。汉武帝竟然对此深信不疑。而后公孙卿向汉武帝提议进行泰山封禅，因为黄帝之前的帝王举行封禅，都招来了怪异之物而与神仙相通。汉武帝心想，或许此举有助于自己早日找到仙人，随即应允，兴师动众前往泰山举行封禅仪式。不仅如此，他还在文表中美化自己，希望能够受到仙人另眼相待。公孙卿说神仙喜欢住楼上，于是汉武帝又不惜劳民伤财，大兴土木，在长安建造飞廉观、桂观，在甘泉兴建益寿观、延寿观，让公孙卿拿着皇上的符节，陈设好器具，等候神仙到来。

除了宠信方士，汉武帝因求仙所耗费的成本亦是不菲，千金难买妃子笑，千金不换神仙来。十次东巡山东沿海，从长安城到黄渤海，浩浩荡荡一队人马，来回一次便需要一两个月。在汉武帝眼里，这些从来都不是困难。方士说蓬莱不远，之所以远远望着而不能抵达，或许是因为见不到海上的仙气，他便派遣专门望气的官员观测海上的仙气。为了招致仙人，他在长安城建设四观和建章宫，以表供奉尊敬之情。

公元前 110 年至公元前 89 年，二十一年间百般寻求无果，加之方士终日夸夸其谈，汉武帝的疑虑之心渐生。他终于认识到了自己的愚蠢和无知，悔恨地对群臣说："我被那些方士们迷惑了，天下哪里有什么仙人和长生不死的仙药，都是些欺骗人的谎言而已。我们只有节约饮食，身体不舒服就吃点药，多活几年而已。"从此，汉武帝将自己愚蠢的求仙活动画上了句号。

司马光曾在《资治通鉴》中这样评价汉武帝："有亡秦之失，而无亡秦之祸。"也就是说，汉武帝虽与秦始皇犯有同样的过失，但最终没酿成国家覆灭的恶果。究其原因，要归功于汉武帝晚年深刻悔悟，及时止损。

二

海上丝绸路　东亚大陆桥

山东黄渤海地区海岸线绵长，从东营到日照，海湾和内河入海口众多，特别是半岛地区海岸蜿蜒曲折，岬湾交错。沿海先民将独特的地理环境所形成的避风场所和出海通道改造成一个个内接经济腹地、外通远海异域的港口，形成了多点位的海上贸易、文化交流的起航地与交通线路。秦汉以来，在苍茫辽阔的黄渤海上，商船往来如织，帆影点点如星。围绕韩国、日本等国家与中国的贸易往来、文化交流等活动，东方海上丝绸之路出现了，并发生了许多故事。

（一）海上丝路

闻一多有诗云："再让我看守着中华最古的海，这边岸上原有圣人的丘陵在。"分布在黄渤海上的山东半岛港口，自古以来就是东方海上丝绸之路的重要起点。它们不仅连通了京津、旅大、江南，也贯通了朝鲜、日本、琉球，成为丝瓷之路、茶叶之路、书籍之路的古津巨港，见证了以儒学文化为主体的中华文明走向全国、迈向海外的过程。因此，"海上丝路"主要介绍东方海上丝绸之路的前世传奇。

1."循海岸水行"

　　山东不仅是儒学文化发源地，其半岛所在的黄渤海沿岸亦是中国海洋文化起源地之一。分布在黄渤海沿岸的山东半岛港口，自古以来就是东方海上丝绸之路的重要起点。越来越多的学者开始认同这样一个观点：山东半岛沿海的港口乃"东方海上丝绸之路"的最早始发港，最晚在两千六百年以前，就与海外邻国有商贸活动和人员往来。

　　那么，"东方海上丝绸之路"最早的航海路线是怎样的呢？《三国志》云："从（带方）郡至倭，循海岸水行，历韩国，乍南乍东，到其北岸狗邪韩国，七千余里，始渡一海，千余里至对马国……"这条航线大致是从黄渤海沿岸的琅琊、芝罘、登州、莱州一带出发，沿山东海岸北行，经庙岛群岛在辽东半岛南侧向东，沿朝鲜半岛西海岸南下向东，再经对马岛、北九州海岸，进入日本濑户内海，到达日本各岛。同样，从日本列岛到达山东半岛，也是按照这条航线反向行之。

　　显然，在很久之前，山东半岛、辽东半岛、朝鲜半岛和日本列岛的人们就已开始探索这条航线。最早使这条航线正式形成并颇具规模的，当是春秋时期的齐国。当时的齐国是东北亚海域中最强大最富庶的政权，优越的地缘位置、积极的贸易政策、繁荣的鱼盐丝绸行业、浓厚的商业文化氛围、高超的航海技术使其成为这条航线的开创者与守护者。《史记·货殖列传》

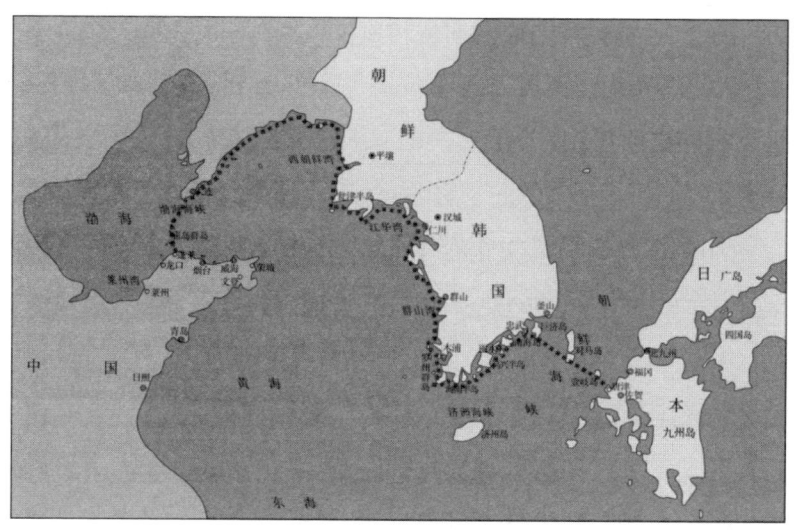

山东半岛古代"循海岸水行"路线图（刘凤鸣供图）

记载："山东多鱼、盐、漆、丝、声色……齐带山海，膏壤千里，宜桑麻，人民多文采布帛鱼盐。"山东地区的诸多货物成为海内外贸易的大宗商品。管仲改革后，更加重视工商业发展，加上齐国采取积极的人才政策，设立"稷下学宫"招揽四海人才，当时的齐国已成为早期东方海上丝绸之路的经济、文化中心。

在齐国强大的政治、经济、文化力量的辐射下，朝鲜半岛和日本列岛也通过"循海岸水行"的方式来到齐国。《管子·轻重甲》记载："八千里之发、朝鲜可得而朝也。"这里的"发"和"朝鲜"都是地名，"发"应在辽东半岛以北。《管子·揆度》中，齐桓公向管子问及海内七种货币形式，管子提到"发、朝鲜之文皮"就是其中一种。所谓"文皮"，一般指虎豹之皮，代指东北亚比较名贵的动物毛皮。《论衡》记载："周时天下太平，越裳献白雉，倭人贡鬯草。"所谓"鬯草"，是日本所产的一种酒。无论是发、朝鲜的文皮还是日本的苢草，都是以"循海岸水行"的方式来到山东半岛，并进入中原内地。

2. 登莱古港通朝日

山东半岛沿海的古津巨港不仅连通了京津、旅大、江南，也贯通了朝鲜、日本、琉球，造就了丝瓷之路、茶叶之路、书籍之路。考古证实，日本西海岸出土的几百件中国春秋时期的青铜铎，与朝鲜出土的完全相同。这说明早在近三千年前，中国的航海先驱就开辟了从胶东半岛的港口启航经朝鲜半岛东渡日本的航线，将中国文化传到朝鲜、日本。在山东半岛的这些港口中，较具代表性的有登州港、莱州港。

作为山东半岛最北部的海港，登州港的兴起可追溯到齐国时期。齐桓公任用管仲改革，海外贸易昌盛，齐景公曾在海上游玩数月，说明当时齐国的航海技术已较为成熟。秦汉一统后，秦皇汉武皆来到登州一带，推动了登州沿海港口的进一步繁荣。隋唐时期，北方最重要的航运港口就是登州港，承担着与朝鲜半岛、日本列岛交流与贸易的重要使命。《新唐书·地理志》记载，唐代对外交往的海路有两条，南方"广州通海夷道"，从广州到南洋诸国；而北方则是"登州海行入高丽渤海道"，登州成为当时中国北方的唯一通关口岸。

顾祖禹在《读史方舆纪要》中道："自古海道有事，登、莱为必出之途，而密迩辽左，尤为往来津要。"同登州港一样，莱州港也是北方著名的海港。登州成为中国北方的通关口岸，是在武则天时期设立登州之后，而在这之前，北方的通关口岸是莱州。隋唐时期的莱州港已成为北方巨港，外国使臣大多由此登陆，莱州港承担着海外贸易和海防守卫的双重使命。隋炀帝远征高句丽，在东莱海口督造战舰三百艘，即从莱州港出发。隋代，日本学问僧多次在莱州港登陆，前往长安求学，将中原制度及文化带回日本列岛。据《日本书纪》记载，隋朝及唐朝初期，一些日本使臣也行经莱州口岸。唐朝设立登州口岸后，虽说莱州港不再作为通关口岸了，但从登州口岸入境后，也要路经莱州，因为莱州港附近有东海神庙，是朝廷举行祭海仪式的场所。所以从登州入关的外国使团，会到东海神庙举行祭拜活动。

由此观之，登莱古港堪称中国古代北方海港的两颗耀眼明珠，不仅是守护中原地区的重要门户，也是连通朝鲜半岛和日本诸岛的黄金口岸。

3. 潍坊丝绸播天下

《太平广记》曾记载了这样一个关于青州丝绸的灵异故事。唐朝开元初年，有个人从长安返回青州，途中帮助华山神之妻转交书信给家住北海的父母，其父母以两匹绢为报，叮嘱他："两匹绢必须卖两万贯，不要轻易贱卖。"他回到长安卖绢，买的人听说卖两万贯，没有不嘲笑惊骇的，以为他是个狂人。几天后，有人骑着白马来买，毫不犹豫给了两万，问他买绢何用，那人说："渭川神要嫁女，天下只有北海绢最佳，我正要令人去买。听说您在卖北海绢，当然要来买。"

在唐宋时，青州的北海绢名扬天下。事实上，青州在当时不仅是山东地区的军政中心，也是丝绸之路的重要丝绸来源，既供应海内，又满足海外诸国的贸易需求。

从西汉中期开始，青州丝织业在全国几乎是一枝独秀，成为长安丝绢的主要来源。汉朝政府为加大青州丝绸的运输量，连续修通三条运输干道，三条路虽路线不同，几经辗转，却都以青州为目的地。当时的青州丝绸不仅数量多，而且质量好，源源不断地运往西域。

唐代，中央设青州北海郡，又设青州总管府，管理青、密、齐、登等七州的军事。此时期，中央政府与周边政权交流紧密，押新罗、渤海两蕃使的外交机构就设在青州，丝绸随着使团朝贡和商人贸易成为环渤黄海地区的大宗货物，驰名长安皇宫及海外诸国。其中，最知名的是专为皇室提供的贡品"仙纹绫"。有了皇家的认可加持，青州丝绸成为海内外商人和外国使臣所青睐的珍品。

唐代伟大的诗人李白、杜甫来到山东后，都描写过以青州丝绸为代表的山东纺织业："百里鸡犬静，千庐机杼鸣。""齐纨鲁缟车班班，男耕女织不相识。"规模庞大的丝绸产业成为中央财政和对外出口的重要支柱。唐朝有"北绢南布"之说，其中的"北绢"便以青州丝绸为代表。根据《唐国史补》记载，薛兼训主政江东时，鉴于越人纺织业落后，招募军队中的单身军人，给予丰厚资财，派遣他们到北方迎娶善于纺织的姑娘回来，每年得数百人。因此，越地丝绸添了很多花样，"绫纱妙称江左"。此举促进了南方丝织业的后来居上，也刺激了南方对外丝绸贸易的繁荣。

宋代，中央在青州设立织锦院，专门织造高级纺织品。宋神宗时，根据当时的贷款政策，政府每年在山东"和买"绢帛三十万匹左右。此时期，名臣寇准、范仲淹、富弼、欧阳修先后知青州，进一步提升了青州丝织业的名气。

到了明清，以青州、潍县、昌邑为代表的潍坊地区仍是有名的手工业重镇，清乾隆年间有"南苏州、北潍县"之称。近代，随着通商口岸的开放，东海关在下营设立分关，"昌邑茧绸"遍销五洲，潍坊又成为近代海上丝绸之路的重要起点。可以说，潍坊丝绸不仅铸就了古代海上丝绸之路的繁荣，也书写了近现代以来中国品牌走向全球的华章。

（二）帆来樯往

"人世间所有的相遇，都是久别重逢。"在熙熙攘攘的黄渤海上，千帆相竞的背后是人与人的相遇、人与物的相遇，而在这些相遇背后，又是种种思想、信念、情感、智慧的碰撞。不同地域、不同国度、不同信仰的人们从各地来到这片海域，相逢，相识，相知，虽各怀心事，但皆面对着人生的难题和时代的困扰。于是，各种故事也如丝路花雨般渐次绽放。"帆来樯往"挑选从唐代到元代的故事，展现昔日那些勇于开拓的心灵和振奋人心的友谊。

1. 苏定方渡海

黄渤海上千舶相竞，天涯各地帆来樯往。古往今来，这片海域见证了多少相逢，就讲述了多少故事。正如梁启超所云"时势造英雄，英雄亦造时势"，在烽烟四起的隋末唐初时代，豪杰英雄辈出。唐代有一位十五岁随父征讨贼寇的少年，他一生戎马，七十六岁死于军中，立下了"前后灭三国，皆生擒其主"的不世之功。他就是苏定方。第三次"灭国之战"中，年近古稀的他任行军大总管，讨伐百济国，在成山（今山东荣成）集结东征大军，率领唐军从山东横渡黄海，攻灭百济。自此黄渤海地区铭刻了苏定方骁勇强悍的身影与唐军势如破竹的壮举。

当时的朝鲜半岛分高句丽、新罗、百济三国，在苏定方的少年和青年时期，隋炀帝三征高句丽不成，反而导致国破；中年时期，唐太宗亲率大军讨伐，最终久攻不下被迫撤军。据《新唐书》《册府元龟》等记载，永徽六年（655）正月，高句丽联合百济进攻新罗，北部许多城市很快沦陷。新罗派人向唐朝求救，苏定方前往辽东讨伐并因功授勋。由此可见，高句丽一直是隋唐两朝帝国的心腹大患，与其正面交锋并无明显优势，陆路作战又多受限制，若要彻底解决朝鲜半岛问题，转变战略迫在眉睫。

公元659年，百济联合高句丽再次侵略新罗，新罗再次求救。次年三月，苏定方率大军进驻成山，下令征集、建造船只，筹措军需物资，做渡海操练和登陆演习。经过近半年的准备，八月，军队集结，渡海出征。在苏定方的指挥下，唐军声势浩荡，乘着涨潮之机强攻，"舳舻千里，随流东下"，与新罗兵直指百济都城，大破百济军，生擒了仓皇逃跑的百济王扶余义慈、太子隆等。为了防止百济残部勾结外敌反扑，苏定方回国前安排郎将刘仁愿带领所部镇守百济府城。

果然，百济残部"遣使往倭国，迎故王子扶余丰，立为王"，倭军乘机进入朝鲜半岛，准备控制整个朝鲜半岛。据《日本书纪》记载，进入朝鲜半岛作战的倭军约为三万人。《三国史记》也记载："倭国船兵，来助百济，倭船千艘，停在白沙，百济精骑，岸上守船。"百济残部联合日本军队围攻镇守百济府城的唐军和新罗军队。公元 662 年，唐军再次入海，与倭军、百济叛军决战，四战皆捷，焚其舟四百艘，百济叛军及倭众投降，百济诸城皆复归顺。这就是改变东亚历史的"白村江之战"。

苏定方率唐军从山东半岛入海，协助新罗国平定百济，及后来的唐军再次入海，联合苏定方旧部和新罗军队大败日本军队，这些举措在朝鲜半岛乃至东亚历史上有着重要意义。一是新罗在唐军的支持下统一了朝鲜半岛，结束了朝鲜半岛三国纷争的历史，在东亚历史进程中具有重大意义；二是在此后近千年里，日本未曾再向朝鲜半岛用兵。

山东半岛最东端的成山最早因秦始皇登临礼日而闻名，出现在《史记》的记载中，而苏定方渡海的事迹又为这片土地谱写了赞歌。今天荣成市俚岛镇周边还有很多传说与遗迹，可见当年唐军征讨百济时在此屯扎的盛况。

2. 新罗人侨寓

公元 668 年，朝鲜半岛东南部的新罗国在唐王朝的帮助下统一了朝鲜半岛，新罗国与唐王朝的关系更加密切，也为新罗人侨寓中国提供了契机，大唐也以开放与包容的态度欢迎新罗人。新罗人移民入唐后多留居在山东半岛沿海地区，有的新罗人居住得相对集中，形成了"新罗村"，也有的散居于当地村落之中。

唐代山东半岛沿海地区，新罗人十分常见，今烟台市牟平区、海阳市，及威海市文登区、荣成市所辖区域当年就设有许多新罗坊、新罗馆、新罗所。这些"坊""馆""所"所在地，是来华贸易的新罗商人旅居和新罗移民集中侨居的地方。日本圆仁和尚在《入唐求法巡礼行记》中记载，圆仁乘坐新罗人的船只路经今青岛胶南沿海时，新罗水手告诉他说，他们常到这里的口岸修理船，从这里渡海往来新罗。书中还提到，登州邵村浦（今属乳山）及文登卢山沿海一带的口岸也是往来新罗的重要港口。为了管理新罗侨民，登州地方县衙还设立了管理"新罗人户"的"勾当新罗所"，由"登州诸军事押衙"负责。"押衙"为军事官员，唐代"凡诸军镇每五百人置押官一人"。这也说明，当时侨居山东半岛东部沿海的新罗侨民很多。

这些新罗侨民几乎都信仰佛教，为满足他们的精神需求，公元 824 年，新罗传奇海将张保皋征得唐政府同意，在赤山浦（今威海荣成市石岛湾）建立寺院。那么，要给寺院起个什么名呢？因周围皆是红色山石，当地供奉赤山神，而建院时前来的首批僧人属天台宗，诵读《法华经》，故此院取名为"赤山法华院"。很快，赤山法华院不仅成为新罗侨民的拜佛之地，也成为连接东亚诸国来客的纽带。日本圆仁和尚在《入唐求法巡礼行记》里记载，他在赤山法华院居住期间，看望他的新罗僧人有三十多人，且寺院景色优美，"南北有岩岑，水通院庭，从西而东流。东方望海远开，南西北方连作壁"。赤山法华院讲授《法华经》时，"男女道俗同集院里，白日听讲，夜头礼忏……黄昏、寅朝二时礼忏，且依唐风"。寺院里的新罗僧人"拜年，贺年之词依唐风也"。这说明，赤山法华院新罗僧人和侨居在周边的新罗人入乡随俗，接受了中国的风俗习惯，与当地人和睦相处。圆仁和尚还记载了新罗人庆祝八月十五的习俗，

重建的赤山法华院"圆仁入唐求法馆"（张玉录摄）

"设百种饮食,歌舞管弦以昼续夜,三个日便休"。这都说明,侨居山东半岛的新罗人也是中韩(朝)文化交流的重要使者。

赤山法华院内还有接待新罗客人的新罗院,周边的邵村浦、乳山西浦、赤山村、刘村等都是新罗人居住的村落。时至今日,虽然一些村落与庙宇已经倒塌或破败,但是时间不会抹去新罗侨民与中国百姓密切交往的历史。

3. 善妙与义湘

隋唐时期,华严宗东传朝鲜半岛的新罗国。纵观新罗的佛教发展史,山东黄渤海地区的赤山(今荣成石岛湾)是一个格外温情的符点。侨寓于此的新罗人众多,张保皋出资建立的赤山法华院也成为中国与新罗佛教交融和民间往来的重要场所。这片土地不仅见证了友谊,同时还孕育了一段凄美动人的千古奇恋。

故事的男主角在历史上确有其人,据说是被誉为"海东华严始祖"的新罗高僧,名为义湘。相传在公元 661 年,年轻的义湘大师搭乘中国商船入唐求法,在山东登州(今蓬莱)登陆,借宿于文登一信士家中。信士有一女,名为善妙。善妙见义湘丰神俊朗,气度不凡,便心生爱慕,屡次吐露衷肠。然而义湘一心向佛,善妙受其感化,习学佛法,做了俗家弟子,并供养义湘求法。义湘抵达终南山后,拜到智俨法师座下,勤奋治学,未曾懈怠,表现出类拔萃。智俨法师深为赞许,吩咐他学成后回国传授《华严经》。

这一学便是十多年，善妙始终不肯婚嫁。直到义湘不辞而别，搭乘新罗的商船回国时，善妙投身大海，化作血龙护佑义湘归乡弘法。义湘回到新罗后，决定在钟灵毓秀的凤凰山建寺传经，不想遭到了地方势力的反对和阻挠，弘法陷入停滞。这时，化龙的善妙听到了义湘的心声，在半空中变出巨石罩住寺庙。巨石上下起落，似乎下一秒就会重重地砸在地上，十分惊险。阻挠的人慌忙逃窜，寺庙得以建成，义湘为其取名"浮石寺"（位于今韩国庆尚北道荣川郡）。

之后，义湘逐渐享誉全国，人们慕名而来，当时的新罗文武王也曾亲自拜见。他的信徒多达数千人，讲经妙理被弟子们辑录成书，奉为华严宗的经典，其亲传弟子梵体、道身等人也成为一代名僧。义湘看到浮石寺时，想起用灵魂护他弘法的一往情深的文登女子，将白纸折成凤凰放飞天际，超度善妙的灵魂，祈盼这只无瑕的纸凤凰能送善妙回归故里。不承想，这只凤凰随风而起，却留恋新罗的土地，最终停留在安东境内。义湘随之赶到，在飘落之处修起一座新的寺院，取名"凤停寺"（位于今韩国庆尚北道安东郡）。后来寺内建有"善妙庵"，与浮石寺内的"善妙阁"呼应。

奇幻的故事口耳相传，最终收录进《宋高僧传》中，之后传到韩国、日本。善妙的痴心深深打动了民众，他们将善妙神像供奉在浮石寺、凤停寺以及日本的高山寺中，以纪念她，亲昵地称她为"善妙娘子"。异乡的善妙塑像面向大海，遥望山东半岛，这段不了禅缘终于在后世得到圆满。

4. 朱清兴海运

俗语有云"民以食为天"，如果说千帆相竞的黄渤海是一本厚重的书，水战、海上贸易以及由船承载的文化交流书写了其中的诗篇，那么海运漕粮就组成了全书的页码与标点，以最质朴的方式贯穿了环海的山东半岛甚至全国人民的日常生活。在亟须发展航海业的元代，黄渤海与山东半岛见证了南北第一海上航线的诞生，以及一个名为朱清的落魄男儿绝地反击的精彩蜕变。

据《崇明县志》《新元史》等史料记载，朱清（1236—1306），字澄叔，出生于崇明西沙的穷苦人家，"身长八尺，貌如彪虎"，先是和母亲捕鱼为业，后受雇于沙民富豪杨氏家。不想这个地主毫无底线地压榨他，变着花样地克扣工资。血气方刚的朱清不堪受辱，怒杀地主卷财而去，集结了一群亡命之徒干起了劫船卖私盐的勾当。他们到过文登、沙门岛等地，并在"南自通州，北至胶莱"的范围内多次作乱。濒海百姓苦不堪言，官兵无计可施。而朱清为逃避官兵追捕，不得不拉上全家老小出海流窜。作恶又落魄的海盗，这是朱清留给黄渤海的第一印象。

在海上逃命十余年，朱清逐渐摸清了黄渤海的脾气，积累了丰富的航海经验，对南北水道、险情与过船情况无不熟悉。宋亡后降了元，他小试牛刀，成功将南宋库藏典籍运回大都，三年后领将出征，又被提为管军总管。元世祖不嫌他海盗的前科，赞他为"海上奇人"，信任且重用之。在第一次海运漕粮时，朱清指挥船队从刘家港出发，中途沿海岸线北上，转过山东半岛最东端的成山角，进入渤海湾，入海河口，终于不负众望，完成了将吴越稻米运往大都的"南粮北调"之壮举。后再进黄渤海，朱清已然脱胎换骨，新航线也在他经年累月的探索与优化中悄然孕育：漕粮损失率从15%逐步降到2%，运输时间从几个月减至十几天。

经过十一个年头的不断试错与打磨，朱清终于开辟了航程短又安全的最佳航线：从刘家港入海，至崇明向东，入黑水大洋，直奔山东半岛东端的成山，至登州沙门岛，于莱州大洋入海河。航行途中的一切信息被他详细记载在日志中，得以流传后世，而这条航行路线被收录在《大元海运记》一书中。朱清兴海运，官至尚书，大大造福了民生，为明代郑和下西洋提供了借鉴。经明、清、民国直至现代，上海与天津间的海上往来，基本上还是按这条航道运行，称得上今天津沪航线的雏形。

"功在当代，利在千秋"，这八个字无法概括朱清波澜起伏的一生，却足以评价其大兴海运的半生事业。山东半岛与黄渤海在过去见证了这位海运创始人与元代津沪航线的故事，如今涛声依旧，只待翻开下一篇章，书写新的相逢。

（三）海客如织

"海客谈瀛洲，烟涛微茫信难求。"作为邻近朝鲜半岛和日本列岛的前沿，山东半岛始终以好客姿态招待海外来客，目送着一代代的旅人走进中华腹地、回归异国故里。从唐至明，有人投军在此，兴建寺院，结交海内外豪杰雅士；有人不畏迢递，泛舟万里，只为求教人间崇高智慧；有人赤诚来访，但求家邦安宁，民心互信。"海客如织"讲述了商人、学生、僧侣、儒士、大臣四种群体往返山东半岛的故事。

1. 张保皋兴建法华院

自古以来，海客们谈起瀛洲，说着"烟涛微茫信难求"，却从未停下往来的脚步。当如织的海外来客前来探访，山东半岛始终敞开怀抱，以热情回应一代代旅人的向往与挚诚。为了法事方便和内心安宁而兴建法华院的张保皋不会想到，这座香火缭绕的古刹不仅为当时的在唐新罗人提供了归宿，而且在千年以后成为一座连接中日韩的友谊金桥。

能建起这样一座伟大的禅院，张保皋何许人也？若要一探究竟，那要从新罗国动荡不安的时局讲起。当时新罗朝政松弛，徭役赋税沉重，百姓苦不堪言，不少人逃亡到正当盛世的大唐以谋生路。山东半岛东部沿海一带吸引了许多新罗人落脚，其中便包括了出身寒微但精通武艺、侠肝义胆的张保皋。安史之乱后，他在中国应征入伍，并屡建战功，杜牧曾为其作传。张保皋目睹了许多新罗同胞被贩作奴，心中十分愤懑，于是辞去将职，在新罗人较多的山东半岛东部赤山浦一带为家乡人建造了法华院，也称法华寺，请僧人讲读《法华经》以提供一份精神寄托。

赤山法华院由此建成，吸引了寓居山东半岛的各地新罗人前来听经。其佛事活动并不完全按照新罗的佛教仪式进行，而是融合了两国的佛教文化。久而久之，寺院不仅是寺院，更成为新罗侨民的心灵家园。逢年过节，人们在此团聚，欢宴，歌舞管弦连夜不休，香火味与烟火气交织在一起。828年，他返回新罗，领兵荡除海盗，开辟了新罗、中国和日本三国之间的海上通道，由此建立的贸易网络成为当时的"海上丝绸之路"，法华院与赤山浦因之成为他的海上贸易中转站。

公元845年，唐武宗发起毁佛运动，赤山法华院未能幸免，庙宇尽毁，僧尼流亡，香火灭，草木生，渐渐被人遗忘。所幸，赤山法华院与中日韩三国的缘分并未结束，当年，日本高僧圆仁法师入唐求法，留唐近十年，客居赤山法华院两年九个月，归国后用汉文著成《入唐求法巡礼行记》，对赤山法华院做了详细的描写，使寺院名标寰宇。1987年，荣成市有关部门依照书中的描述重修法华院，张保皋兴建的千年古刹涅槃重生，一时引起中日韩三国轰动，真是："一寺连三国，情传中韩日。"

威海位于山东省的东端，是中国距离韩国最近的地区，而赤山法华院是威海唯一的佛教寺院，诉说着动人的历史。此地春日樱花飞舞，秋日银杏落扇，张保皋功绩碑与纪念塔矗立于花影树影之下，默默地祝福着三国人民的友谊。

2. 释圆仁请益旅胶东

公元 839 年的一天，海雾茫茫，雨幕重重，风浪相竞，四方俱昏。一艘两桅两帆的木船在海面上漂浮摇晃，顺着风势驶进了胶东半岛东南端的海岸。少顷，木船抛碇停住，几位僧人摇橹上岸。环望四周，山岛相卫，恍若人间仙境。蒙蒙烟雨中，一位头戴斗笠、身披蓑衣的老者徐徐前行。一僧人赶忙上前作揖："敢问老丈，此地是何处？"老者还礼道："此乃大唐国登州牟平县唐阳陶村……"

这个真实的故事发生在遥远的唐朝。日本为学习大唐先进文化，先后十三次派出使节赴唐。835 年，日本天台宗僧人圆仁作为"请益僧"参加遣唐使团，在返国之际，因求法未遂，和弟子脱离使团，欲独赴天台山。839 年，圆仁乘船进入山东乳山港。他与此地的官府、百姓多次打交道，深感他们和善友好、淳朴热情，不仅帮助修船、筹粮治病，还指点他赤山法华院的所在。圆仁在赤山法华院居住期间，与寺院的新罗僧人、周边的百姓，及当地衙门官员都交往密切，友谊深厚。之后，圆仁从赤山法华院启程，一路西行，踏上了他心目中的朝圣之旅。

在圆仁留唐的九年七个月的时间里，有三年多是在山东度过的。他的足迹东达威海文登，西至德州夏津，南到日照莒州，北到烟台登州。圆仁和尚在山东沿途得到了地方官员和百姓的热情款待和关照。他在《入唐求法巡礼行记》中记载道："从登州文登县至此青州，三四年来蝗虫灾起，吃却五谷，官私饥穷。登州界专吃橡子为饭，客僧等经此险处，粮食难得。"在这样的饥荒之年，衙门和百姓饥穷，连饭都吃不上，但圆仁和尚一行离开蓬莱时，蓬莱县衙赠送"两硕米，两硕面，壹斗面油，一斗酢，一斗盐，柴叁十根"；在登州沿途驿馆居住和路经民宅时，主人都殷勤相待。这足见山东人民的热情好客和对外友好的博大胸襟。圆仁一行回国时又途经山东半岛，正逢唐武宗"会昌排佛"，但沿途百姓还是给予了热情的接待。

847年，圆仁西行归来，又从赤山浦出发返国。他携带着五百余卷经书和大唐人民的深情厚谊满载而归，成为日本天台宗三祖之一，圆寂后获赐"慈觉大师"的谥号，是日本佛教史上最具影响力的人物之一。

海上闻梵声，圆仁用古汉语写成的《入唐求法巡礼行记》是弥足珍贵的历史文献，它被尊为日本国宝，是日本历史上的最早的正式旅行记。此行记与玄奘的《大唐西域记》和马可·波罗的《东方见闻录》并称为"东方三大旅行记"，在世界文化史上也享有盛誉。书中珍贵的文献记载，对于我们考察山东省境内的古代文化遗迹以及古代中日交往的历史有着重要的意义。

纵使往事如烟，物是人非，但眼前壮阔的大海、脚下坚实的土地，便是古代中日文化交流的最有力的见证。正如后人为纪念圆仁法师所作的一首《西江月》中所写：

　　浮海轻身求法，芒鞋不到天台。琵琶湖上现楼台，添个天台天外。

应喜一声钟磬，云仍两国相偕。灵山昔日莫疑猜，记取恩情代代。

3. 郑梦周朝贡登半岛

"采药未还沧海深，秦皇东望此登临。"蓬莱市登州古船博物馆有一座端庄肃穆的半身铜像，受到海内外广大游客的瞻仰。铜像塑的是高丽王朝末期著名的外交家、文学家——郑梦周。

郑梦周塑像（黄修志摄）

明初朱元璋即位之后，主动与周边国家交好，并将朝鲜、日本等周边国家列为"不征诸国"。高丽也积极维持与明朝的友好关系，"贡献数至，元旦及圣节皆遣使朝贺，岁以为常"。

明洪武五年（1372），为祝贺明朝平定四川，高丽派遣使团来访，却不幸在归国途中发生海难。据《明太祖实录》载："高丽使者洪师范、郑梦周等渡海洋遭飓风，舟坏。师范等三十九人溺死，梦周等一百一十三人漂至嘉兴界，百户丁明以舟救之，获免。"高丽正使洪师范遇难，书状官郑梦周返回南京，重新办理了公文。郑梦周博学多才，为高丽王朝名声显赫的博学之士，其奏文"文理条畅，援引典故，甚是得宜，上意欢欣"，受到了朱元璋的称赞。朱元璋还准许了高丽子弟入读国子监的请求。此行为明朝与高丽建立关系打开了局面，奠定了基础。

洪武九年（1376），明廷"改登州为府，置蓬莱县，时上以登、莱二州皆濒大海，为高丽、日本往来要道，非建府治，增兵卫，不足以镇之"。可见，登州因为外交需要，被明朝廷升州为府，在山东半岛的地位更加重要。洪武十七年（1384）七月，郑梦周作为请谥承袭表正使出使中国，为朱元璋祝寿。朱元璋还记得十几年前他从容不迫、娓娓而谈的情形，命令礼部"优礼以送"。此次出使为进一步加强两国关系创造了良好的环境。

洪武十九年（1386）二月，郑梦周再次衔命出使明朝，他在《圃隐集》中以纪行诗的形式对此次出行进行了详细的记载。三月十九日，他自登州港登陆，踏上中国的土地，"晨登蓬莱阁，浪涌山嵯峨"。面对一望无际、空明变幻的大海，他的心绪也随着波涛沉浮，想到风起云涌的国事，颇感出使责任之重大，因此"归来就孤馆，攲枕空吟哦"，心情久久不能平静。四月二十三日，他受到召见。明廷同意废除高额岁贡，两国关系进一步向前推进。

郑梦周在山东半岛的驻足，无疑是将两国的关系向纵深掘进的一程。他在朝鲜半岛推行朱子家礼，歌咏蓬莱仙阁的绮丽景色，启发了后辈朝鲜诗人……滚滚波涛，长亭短亭，斯人已逝，记忆鲜活。

4. 金尚宪赴京过登州

明天启年间，阉党横行，后金屡犯边境，大明王朝羸弱不堪，而此时的朝鲜王朝也是政局不稳，战事不断。这个时期的朝鲜来使身上带有鲜明的时代印记。金尚宪是朝鲜王朝的文士兼政治家，儒学涵养深厚，官至左议政（第一副首相）。他正气凛然，爱憎分明，疾恶如仇，不畏权贵，文如其人，笔锋犀利。1626年，他被仁祖选为朝鲜进贺、朝圣使正使，率团出使明朝。

从朝鲜半岛的高丽时期开始，中、朝就存在着海路和陆路两条贡道。明成祖迁都北京后，朝鲜由东北山海关进入大明边界的陆路朝贡路线基本稳定。后来后金势力崛起，东北战争频发，陆路变得动荡不安，故来朝使者多行海路——在朝鲜境内的石多山登船，到达山东登州港，再经青州、济南、德州到达北京。金尚宪此行就是沿此路线。带着对大明的崇敬和政治上的重任，金尚宪开始了自己的异域之旅。

每经过一个地方，金尚宪总会用诗歌描绘当地的风物，将他的所见所感赋之笔端，或是吟咏古今人物，或是欣赏山光水色，或是好友间酬唱赠答等等。在登州的短暂停留期间，金尚宪一共作诗二十二首，如《登州次去非韵》"南商北客簇沙头，画鹢青帘几处舟。齐唱竹枝联袂过，满城明月似扬州"，描写的就是他对登州繁华的第一印象。除了见到新鲜壮观的景色外，金尚宪还结交了当地的文人吴大斌。"高山流水遇知音"，两人惺惺相惜，诗歌唱酬，结下了深厚的友谊。

然而，后金突然大举入侵朝鲜，朝鲜社稷风雨飘摇，史称"丁卯胡乱"。时在京师的金尚宪立刻上书明朝兵部，慷慨陈词，请求救援，史载金尚宪"泣血呈文，辞语慷慨，中朝人皆谓朝鲜有臣"。同时，他还对明朝将领毛文龙诬陷朝鲜通款后金的不实之词一一辩驳，追忆壬辰年间大明对朝鲜的"再造之恩"，表明朝鲜世代获明眷顾，上下忠心耿耿，绝无二心。明王朝对属国也表示信任，及时解除了猜忌与怀疑。

"地隔言虽异，心同道已亲。"古代的登州作为中、朝政治、经济、文化交流的窗口，为后人留下了两国人民交往的真实记录和美好回忆。山东半岛的父老乡亲在中朝关系发展史中谱写了闪光的篇章。

三

海疆守卫　英雄壮歌

山东半岛与辽东半岛遥相对峙，犹如一双巨臂将渤海合抱起来，构成京津的海上门户，战略位置格外重要。从明朝开始，历代政府都十分重视山东海防建设。数百年来，山东海防建设在抵御少数民族进攻与列强侵扰、维护民族独立方面发挥了重要的作用。艰苦卓绝的斗争中先后涌现出了一大批爱国将领。他们忠于职守，不辱使命，浴血疆场，甚至为保卫海疆献出了生命。沿海一带的海防遗存承载着重要的历史底蕴，是中国人民不屈不挠、英勇抗击外来侵略的历史见证。

（一）海防设施

明清时期以至近代，随着外患加剧和历代政府对山东海防的重视，山东的海防建设进一步扩大，蓬莱水城得到扩建，军寨、烟墩沿海岸线星罗棋布，海防体系日趋完备。到明朝末年和清朝前期，随着火器技术的进步，山东沿海一带大规模修筑炮台。这些海防设施在保卫海疆、抵御外侵的斗争中，发挥了十分重要的作用。

1. 蓬莱水城

蓬莱阁下有一处港湾，当地人称之为"小海"。这里是明代蓬莱水城所在地。从明朝初年开始，倭寇频频侵扰我国，沿海地区均受其害。为加强海防，洪武九年（1376）五月，明政府升登州为府，府治置于蓬莱县。

洪武年间，登州卫指挥使谢观为加强海防上奏朝廷，建议在画河入海处扩建港口，建设海上要塞，得到了明政府的认可。谢观深知海防建设事关国家安全、百姓安危，格外用心。

早在北宋庆历年间，登州知州郭志高曾将登州港改建为"刀鱼寨"，在此操练水军。到明朝初年，"刀鱼寨"早已荒废。这时，有人向谢观建议，将"刀鱼寨"疏浚、扩建，周边增筑城墙，即可建成水师基地，但谢观对这个方案并不满意。他带领登州卫将领沿丹崖山东西两侧海岸、画河入海口进行了仔细勘查，并多次召集会议，研讨建设方案。他还特意走访当地有名的能工巧匠，向他们请教。经过精心设计和多次论证，一个大胆而又富有创造性的设计方案出现在谢观的脑海中。谢观决定，将画河入海的河道环成"小海"，在南部加筑城墙，建成水城，再将画河稍一改道，变成水城的护城河，从水城东侧入海。这样，蓬莱水城主要由两部分组成，一是海港设施，包括以"小海"为中心的水门、防波堤、平浪台、泊船码头等；二是陆地设施，包括城门、城墙、敌台、炮台、天桥、衙署、驻兵营房等。

蓬莱水城总体上呈不规则的长方形，南北较长，其南面靠

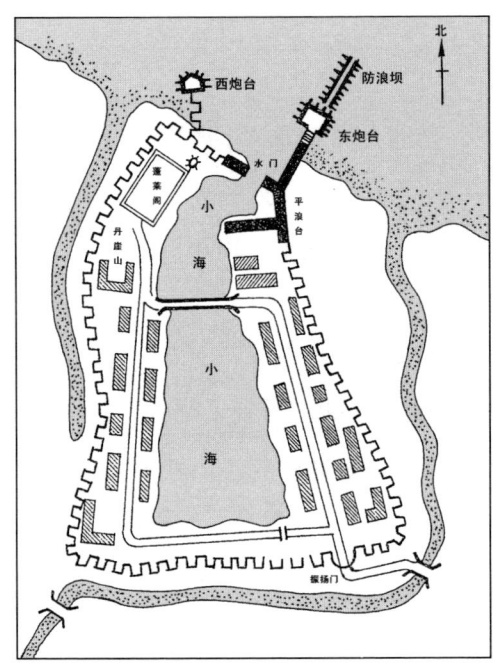

明代蓬莱水城与炮台示意图

陆地处较为宽阔，北面通海处则较狭窄。城墙沿丹崖山地势修建，北墙建于丹崖山悬崖之上，以崖为墙，崖上建垛墙。垛墙顶端有凹形垛口，垛口下方有方孔。城顶近垛墙处有用砖铺砌的流水槽，以防止城墙顶部受雨水浸泡。城墙上面筑有敌台。

水城中的港湾俗称"小海"，是由画河口疏浚扩大后整修而成的。"小海"北部窄，南部阔，状如一只掐腰葫芦。在其中部掐腰处，有一条东西走向通道横贯水上，中间有活动桥板，以便船只进出。"小海"平常水深达三米以上，三百吨左右的海船可以出入无碍。整个"小海"可以同时靠泊上百只木帆船。

水城设有南北两座城门。北门即水门，俗称"关门口"，位置在水城东北隅的平浪台对面。水门安设栅栏，可以起落，用以阻、放船。东西门垛之间上横巨板，名曰"天桥"，所以又称"天桥口"。这是船只通往外海的唯一通道。水门外的东西两侧分别设有一座炮台，呈掎角之势，封锁着水门外海面。

为了抵御涌浪，阻挡泥沙侵入，水门右侧修筑了一道防波堤。同时，在水门正南面筑成平浪台。平浪台有效地防止了风浪侵入城池，从而保证了"小海"内风平浪静。平浪台北端建有平浪宫，俗称"小圣庙"，是祈神平浪的地方。

南门称振扬门，与水门遥遥相对。南门通陆地，供车马行人通过。城门内不远是驻兵营地与署衙、寺庙等。水城东西两边只有城墙，没有城门，不能出入。

水城所依的丹崖山可以用作天然的瞭望台，同时又是船舶航行的天然标识。站在丹崖山顶，无论是数十里以外的陆地，还是几十里的洋面，都可以一览无余。

蓬莱水城的建设主要是为了防备倭寇，因此又称"备倭城"。我们今天所看到的蓬莱水城，主要是明代的遗迹。整个水城的设计构思精巧，独具匠心，堪称天才杰作。备倭城环抱军港，护城河环绕备倭城；城围港，水绕城，堪称城中港，港上城，充分显示了水城建筑者丰富的想象力和卓越的智慧。

2. 沿海炮台

自明代开始，中国的火器有了空前的发展。万历年间，山东沿海炮台有一百多座，多数配置的是小型火炮。到清代前期，当欧洲各国火器飞速发展的时候，中国火器的研制和生产处于停滞、衰败的状态。

雍正年间，登州镇总兵官黄元骧、山东巡抚陈世倌先后建议收缩兵力，裁撤不重要的炮台，实行重点防御。雍正四年（1726），清政府决定将山东沿海僻处炮台炮位撤回各营汛，在冲要处按照广东式炮台的样式修建炮台二十座。随后，陈世倌在蓬莱县所属之八角口建筑炮台一座。雍正五年（1727），在成山卫之龙口崖、文登县之马头嘴、莱阳县之丁字嘴、即墨县之巉山、胶州之唐岛口、诸城县之亭子栏六处要地修筑炮台，样式与八角口炮台一样。万际瑞继任登州镇总兵官时，又在青岛口和黄岛两处修筑炮台。到雍正十年（1732），山东沿海共建成炮台二十一座。

因为这些炮台有城有炮，所以又被称为"炮城"。《灵山卫志》中记载："古镇口亦有炮城，制如唐岛口，东西相列。""唐岛北岸有炮城，城上有楼，汛兵守之。"现如今，

古镇口炮台遗址

52

唐岛口炮台、古镇口炮台、亭子栏炮台三处炮台的遗址保留了下来，向人们展示着清代前期炮台的基本面貌。

到 19 世纪 80 年代，登州府境内的炮台有旧式炮台，也有新式炮台，或在旧式炮台上添设新式火炮。其中比较有代表性的是烟台的西炮台。

1861 年烟台开埠，逐渐成为胶东半岛的政治、经济、文化重心，清政府海防建设的重点转移到烟台。清政府加强海防的措施主要有两项，一是训练新式军队，装备新式枪炮；二是在沿海大规模修筑炮台，安装从国外购置的大炮。

光绪元年（1875），山东巡抚丁宝桢奏请在烟台、蓬莱、威海等地改建新式炮台，从国外购置新式火炮。在丁宝桢的主持下，"烟台山下及八蜡庙、芝罘岛之西，共建浮铁炮台三座"。西炮台也是在这一时期修建的。

烟台西炮台遗址·东北角炮台

53

西炮台在今芝罘区通伸岗北端山顶，这里地势突兀，位置险要，视野辽阔，面向海湾，军事位置十分重要。西炮台于光绪二年（1876）完工，最初置土炮八门。光绪十三年（1887），清政府将炮台增修扩建，最终建成由围墙、瓮城、演兵场、地下坑道、炮台、指挥所、弹药库等组成的封闭式军事设施群，并在此添置当时世界著名的火炮——德国克虏伯重炮。在建设过程中，除东北角一座用于瞭望的望楼"兼用砖石"外，"一切工程，悉用三合土筑造"，其坚固程度堪比现在的水泥混凝土。西炮台是烟台重要的军事要塞，也是迄今保存最完整的近代炮台之一。

1881年，清政府将烟台防务划归北洋大臣节制。1886年5月22日，直隶总督、北洋大臣李鸿章巡阅烟台西炮台后，决定在岿岱山再建炮台。岿岱山临海负山，地势险要，是烟台天然之关隘。经过五年艰苦施工，1891年东炮台竣工。东炮台可以与西炮台形成交叉火力，严密防御烟台海域。

现如今的西炮台、东炮台是烟台最重要的海防遗产，也是烟台"海防锁钥"地位的重要象征。

（二）抗倭英雄戚继光

戚继光是中国古代最杰出的爱国将领、民族英雄之一。他出身将门，自幼爱好读书，胸怀大志，青年时代就留下"封侯非我意，但愿海波平"的千古名句。戚继光在浙江、福建沿海抗击倭寇十余年，扫平为祸多年的倭患，确保了沿海人民的生命财产安全；他镇守北方，抗击蒙古部族内犯，保障了北部疆域的安全；他著书立说，总结战略战术，改造、发明了各种火攻武器，改进大小战船、战车，不愧为中国古代军事名家。

1. 綦履过庭承父训

中国邮政发行的"古代名将——戚继光"邮票

常言道："将门出虎子。"戚继光之所以能够成长为一代名将，与他从小受到的良好家教是密不可分的。嘉靖七年（1528）闰十月初一，戚继光诞生在山东济宁东南六十里的鲁桥镇（今属微山县）。他的父亲是时任江南漕运把总的戚景通。戚景通在五十六岁之际得子，高兴不已。他对这个孩子寄予了厚望，希望他将来能够继承祖业，光耀门庭，成为有用的人才，于是取名继光。

童年时代，戚继光常与小伙伴一起做军事游戏。他拿泥巴砌成城墙，堆瓦砾为营垒，削竹剪纸为旗，布成阵势。邻居们看了，不禁啧啧赞叹："真是虎父无犬子啊！"

嘉靖十七年（1538），戚景通因不满官场黑暗，以终养老母为理由，离职回到蓬莱。他一方面辛勤著述，总结多年的带兵经验，另一方面把主要的精力用在教育儿女上。那一年，戚继光刚刚十岁。

戚继光还是少年时，外祖父特意挑选了一双鞋子，作为生日礼物送给他。这双鞋子的鞋面是用丝织品做成的，制作考究，十分漂亮。老人觉得，戚继光已经长大了，快到了婚配的年龄，穿着打扮需要体面一些。戚继光见到后，满心欢喜，迫不及待地穿上新鞋子，在院子里蹦蹦跳跳，四处撒欢，遇到亲近的人还炫耀一番。周围的人也连声夸赞他的鞋子好看。

院子里的嬉闹声引起了正在屋子里研读兵书的戚景通的注意。戚景通放下兵书，起身来到庭院中。看到这番情景，他立刻洞察了戚继光的心思。他把戚继光叫到跟前，表情凝重地说："小小年纪，穿上一双新鞋子就这么得意忘形，成何体统！"

戚继光见父亲面露愠色，心里一阵慌乱，连忙解释说这双鞋子是外祖父所送，母亲让他穿上试试是否合脚。戚景通说："现在就讲究吃穿，以后怎会成就大事？将来做了军官，说不定就要侵吞士卒的粮饷。那样，戚家几代的清誉就要毁在你的手里了。"戚继光听后，似懂非懂地连连点头。戚景通问道："你还记得孟子的话吗？'故天将降大任于是人也……'"戚继光站直了身子，立刻对曰："必先苦其心志，劳其筋骨，饿其体肤，空乏其身，行拂乱其所为，所以动心忍性，曾益其所不能。"

戚景通见戚继光态度诚恳，语重心长地说："你要胸怀大志，不要把心思浪费在这些无关紧要的小事上。"戚继光听完父亲这番话，立刻弯腰把鞋子脱了下来，丢到一边。这件事情虽然就这样过去了，但给戚继光留下了很深刻的印象。通过这件事情，戚继光牢记了一个道理，那就是好男儿必须树立远大理想，切不可爱慕虚荣，贪图享受。在以后的军旅生涯中，戚继光牢记父亲教诲，始终保持着艰苦朴素的作风。

戚景通不仅竭力制止儿子沾染坏习气，还经常给他讲保国安民和为人处世的道理。他命人把"忠孝廉节"四个大字书写在家中新刷的墙壁上，让戚继光时时对照自省。戚继光把这四个字牢牢记在心中，一面刻苦学习武艺，一面发愤读书。

嘉靖二十三年（1544）夏，戚景通忽然一病不起。此时，他已年过古稀，自知时日不多。一日，戚景通拿出自己多年写就的备边军事论著，把戚继光叫到面前，语重心长地说："儿子啊，做父亲的一生俭朴，没有什么金银财宝留给你。但我留给你的这笔遗产，其价值是无法估量的！"戚继光明白父亲的意思，默默接过兵书，泪流满面，心如刀绞。

按照朝廷惯例，戚继光必须到北京办理手续，才能正式承袭父亲的职务。戚继光临行前，戚景通拉着戚继光的手细细叮咛，勉励他精忠报国，为国分忧。戚继光离开不久，戚景通病逝。两个月后，戚继光才从北京袭职回到登州。追忆起父亲的种种教诲，戚继光决心发奋图强，决不辜负父亲对自己的殷切期望。

2. 备倭山东立鸿志

"封侯非我意，但愿海波平。"这是戚继光在青年时代留下的诗句。这两句诗虽然没有华丽的辞藻，却包含了戚继光忠君爱国的高尚品格和忧国忧民的博大胸怀。

嘉靖二十三年（1544），戚继光的父亲戚景通去世，当时戚继光年仅十七岁。按照明朝政府的规定，戚继光承袭父亲的军职，担任登州卫指挥佥事。戚继光主要负责管理登州卫的屯田事务，他带领所辖屯田军余，在沿海村庄春种秋收，以满足登州卫将士的军粮供应。

当时，倭寇十分猖狂，时不时流窜到山东沿海一带烧杀抢掠。山东沿海卫所日夜操练，频繁调动，随时准备出击围剿倭寇。戚继光白天处理繁忙的公务，晚上掩门读书，常挑灯夜读至深夜。一天晚上，戚继光在读完《孙子兵法·谋攻篇》中的"是故百战百胜，非善之善也；不战而屈人之兵，善之善者也"之后，感慨万分，内心汹涌澎湃，难以平静。夜深人静之时，他辗转反侧，仍然无法入睡。他干脆起身披上衣服，点燃蜡烛，提起笔来在一本兵书的空白处一气呵成写下一首诗，题为《韬钤深处》，诗曰：“小筑暂高枕，忧时旧有盟。呼樽来揖客，挥麈坐谈兵。云护牙签满，星含宝剑横。封侯非我意，但愿海波平。”这首诗把戚继光不计个人名利、一心保卫祖国海疆的远大志向生动地表达出来。

明朝时，中国东南沿海遭受倭寇的侵扰，北方有鞑靼诸部的威胁。为了抵御北方少数民族的内犯，明朝政府命令山东、河南等省都指挥使司每年选派军士轮番北上戍边，保卫京师，称“京操班军”。从二十一岁开始，戚继光连续五年被推为中军官，率山东沿海卫所兵士戍守蓟门。戚继光深知责任重大，不敢有丝毫懈怠。

当时道教十分盛行，很多人纷纷研习道教，以谋求长生之术。一次，戚继光在行军时路过一处名气很大的道观，随从劝其入观求道。戚继光回答说：“身为武将，战死沙场乃大义所在。如果国家有难，我愿舍身殉国，怎么可以追求长生之术呢？如果我贪生怕死，如何鼓舞士兵斗志？为国家而死，留名青史，这才是我等的长生之术！”其忠君爱国之情溢于言表。

戚继光严于律己，身先士卒，所带队伍纪律严明，战斗力迅速得到提升。众将士打心眼里佩服戚继光，无不交口称赞。同时，戚继光的杰出才能也引起明朝政府的关注。

嘉靖二十八年（1549），戚继光参加山东乡试，得中武举。次年秋，又赴北京会试。就在这个时候，鞑靼部南犯，进攻密云、顺义等地。朝廷震惊，京师戒严。

明政府急忙从周边各省抽调军队保卫京师，前来北京参加会试的各地武举也踊跃加入保卫北京的斗争中。此时的戚继光二十三岁，风华正茂，经过六七年的历练，可谓文武双全，胆识过人。他就像一柄经数年磨砺的宝剑，在等待机会向世人展示他的锐利和锋芒。戚继光被任命为总旗牌，督防九门。他两次向朝廷奏进御敌方策，所提十几项措施都是克敌良计，有的措施被兵部采纳。

在保卫北京中的杰出表现，使得戚继光在京城名声大噪。许多在朝中有影响力的人认为戚继光忠勇有为，将来一定可当国家"干城之寄"，于是纷纷向朝廷保举这位年轻有为的将领。嘉靖三十二年（1553）夏天，在张居正的大力推荐下，戚继光被明政府提升为都指挥佥事，专门负责防御山东沿海的倭寇。从此，戚继光正式走上了抗倭战场。

当时的山东海防十分空虚，沿海卫所士兵大量逃亡，兵额只有原额的一半，且多是老弱残兵。军队缺乏严格训练，军纪散漫。戚继光深知，这样的军队是很难打胜仗的。戚继光上任后，一面整饬营伍，刷新卫所，一面训练士卒，严肃纪律。

戚继光在山东防倭备战两年多。经过他的大力整顿，营伍中的积弊渐渐革去，闲散怠惰的习气逐渐革除，废弛的海防有了较大改观。他作为"良将"的卓越才华充分显示出来。朝廷对戚继光十分器重，不久便对他再次委以重任。他就像一颗冉冉升起的明星，熠熠生辉，光彩夺目。

3. 台州破敌显神威

明朝中期，商品经济有了很大发展，江苏、浙江一带流传着"买不尽松江布，收不尽魏塘纱"的谚语。16世纪中期开始，贪婪、残暴的倭寇垂涎这里的财富，多次侵扰浙江沿海台州、海宁等地，烧杀抢掠，无恶不作。

明政府调兵遣将，在江浙一带加强防御，反击倭寇，浙江沿海成为抗倭斗争最激烈的战场。嘉靖三十四年（1555），戚继光被调任浙江都司佥事。

嘉靖三十五年（1556）四月，倭寇一部八百多人窜至戚继光防守的龙山所一带。刚刚上任的戚继光闻讯，立刻整顿人马，赶来增援。起初，面对倭寇气势汹汹的猛冲，明军士兵心生胆怯，纷纷溃退。戚继光见情势危急，连忙跳到一块高石上，瞅准时机，张弓发箭。只听嗖嗖嗖三声，三个倭寇头目应声而倒。倭寇慌作一团，随即仓皇逃走。惊魂未定的士兵们停止后退，抬头仰望戚继光，无不心生敬佩。有士兵脱口而出："真勇将也！"

经过龙山战斗，戚继光得到浙江总督胡宗宪的赏识。嘉靖三十五年（1556）七月，戚继光受命担任参将，分守宁波、绍兴、台州三府。当时的台州府下辖临海、宁海等六个县，府治在临海。

嘉靖三十八年(1559)，倭寇卷土重来，台州一府六县警报不绝。四月中旬，戚继光部奉命援救桃渚。当时桃渚已被倭寇围困一个多月，危在旦夕。戚继光令数十名鸟铳手乘雨潜入城中，同时在险要路口设伏兵，待命杀敌。第二天，倭寇攻城，城上突然鸟铳齐发。倭寇尸横遍野，余部仓皇退却，沿途遭伏兵袭击，损失惨重。戚继光穷追不舍，把一部分倭寇围困在黄蕉山，趁夜色朦胧，将敌一举全歼。

五月初，戚继光率部在海门卫与谭纶所部会师。就在此时，三千多名倭寇从贾子、栅浦向海门卫窜来。夜半，数百倭寇偷袭，二三十人爬上城墙，海门卫守军仓促发出警报。戚继光闻讯，来不及整顿队伍，立刻飞身上马，挥起双剑，往城门急驰而去。戚继光的卫兵忙大声疾呼："主帅已亲自冲上去了！"兵士们纷纷登城头与敌拼杀，将偷袭的倭寇全数歼灭。

此后几天，大雨不停。戚继光为防止倭寇流窜其他地方抢掠，预先命人在河中打桩系船，堵塞他们出海的去路。雨过天晴后，戚继光和谭纶先以少量兵力出西城，引敌出动。倭寇不知是计，都往西城拥来。戚继光站在城头观察倭寇动静，见倭船都在城南牛桥，料定倭寇在西城扑空后，必经南门奔牛桥去。他调集全部精锐兵马，埋伏在南门待敌。果然，倭寇气喘吁吁往南城奔来。等候多时的明军一下子冲上去，三路合击，痛击倭寇。这一仗共焚毁倭寇巨船三十二艘，剿灭倭寇一千多人。残余的倭寇狼狈逃往乐清。

戚继光乘胜追击，在南湾追上了败寇。倭寇分五路占据海岸高山，凭险固守，又劫渔舟数十只，随时准备出海逃走。戚继光正面五路大军攻敌，又命卢镝等率军千人抄敌后路。戚继光故意留下海路一条，而在海口处又预伏精兵。

战斗开始后，倭寇居高临下，箭石齐发，明军伤亡很大。

戚继光见山上有二人挥动旗帜指挥，料定是倭寇首领。他与弟弟戚继美冲上前去，二人各射一箭，两倭首当场倒地，倭寇顿时大乱。就在这时，倭寇背后杀声震天，卢镗的军队杀出。在前后夹击之下，倭寇只得向海边退却，没想到正中戚继光预设的埋伏。倭寇或降或死，只剩两百人往温州流窜。戚继光一路猛追，将之全部歼灭。

在保卫台州的一系列战斗中，戚继光"功屡建于浙东，名亦闻于海外"。此时的戚继光已成为一名远近闻名的抗倭猛将了。

（三）甲午铁血铸忠魂

近代以来，西方列强凭借坚船利炮，屡次对中国发动侵略战争。清政府终于认识到，必须学习西方先进技术，引进西方先进武器装备，加强海防，建设海军，才能抵御外侮，挽救统治危机。近代中国海军先贤为海防事业筚路蓝缕、拓荒奠基。1888年，北洋海军正式成军。在1894年爆发的甲午战争中，北洋海军爱国将士不畏牺牲，前仆后继，浴血奋战，谱写了悲壮的乐章。丁汝昌、邓世昌等北洋海军将士崇高的民族气节感天动地，他们的英名将千古不朽，万世流传。

1. 邓世昌怒撞吉野舰

1894 年 9 月，黄海海战结束后，光绪皇帝悲痛中写下一副挽联："此日漫挥天下泪，有公足壮海军威。"这副挽联是写给在黄海海战中怒撞吉野舰的民族英雄邓世昌的。

邓世昌是广东番禺（今广东省珠海市）人，少年时考入福建船政学堂，学习航海知识。当时清政府大办海军，邓世昌被李鸿章视为难得的人才，调到北洋任炮舰管带。随后，因赴英国接回刚竣工的超勇舰、扬威舰有功，加总兵衔，任致远舰管带。他富有爱国精神，具有视死如归、不畏艰险、不怕牺牲的英雄豪情。他曾对人说："人谁不死，但愿死得其所尔！"

1894 年 8 月 1 日，中日宣战，甲午战争正式爆发。9 月 17 日，北洋舰队护送四千余名清军到达鸭绿江口大东沟后，准备返航。中午 11 时左右，镇远舰上的哨兵突然发现西南方向的海面上出现滚滚黑烟，认定是一支庞大的舰队。丁汝昌立刻命令各舰做好战斗准备。

远处的舰队正是日本联合舰队。此前，日本得到情报，掌握了北洋舰队的行动。联合舰队司令伊东祐亨制订了在途中偷袭北洋舰队，与中国海军进行主力决战，以夺取制海权的计划。

起初，为掩人耳目，日本舰队以美国旗作为掩护，伪装成美国舰队。等靠近北洋舰队时，日本舰队凶相毕露，突然扯下美国旗，换上了日本旗。就这样，在黄海大东沟附近海面，北洋舰队与日本联合舰队相遇，近代海战史上著名的黄海海战爆发。

12 时 5 分，日本联合舰队分为两个战术分队，第一游击队在前，本队在后，呈单纵阵，企图从北洋舰队阵前穿过。北洋舰队在行进中由双纵阵变为夹缝雁行阵，舰队呈楔形梯队。12 时 50 分，双方舰队相距五千三百米，定远舰首先开炮。十秒钟后，镇远舰也开始炮击。紧接着，北洋舰队各舰大小火炮一齐开火。一场海上恶战就这样开始了。

14 时 15 分左右，日本联合舰队本队右转，绕至北洋舰队侧后，与第一游击队形成前后夹击之势。

日本第一游击队以吉野号为首的四艘军舰集中火力，向定远舰猛攻。邓世昌为掩护旗舰，吸引日舰火力，指挥致远舰开足马力，冲出阵前。致远舰受到吉野、高千穗等舰的轮番轰击，多处受伤，燃起大火。

邓世昌在受重创的致远号上大声激励兵士，慷慨激昂地向全舰高呼："吾辈从军卫国，早置生死于度外，今日之事，有死而已！"他见吉野号恃其航速快、炮火猛烈，横行无忌，愤慨地说道："倭舰专恃吉野，苟沉是船，足以夺其气而成事。"邓世昌毅然下令，致远舰全速冲向吉野号右舷，决意与之同归于尽。全舰官兵在前甲板列队，齐声高呼："撞沉吉野，撞沉吉野！"致远舰像一条愤怒的火龙，向吉野号猛冲过去。

吉野号官兵见此情形，惊慌失色，赶紧集中炮火向致远舰射击。致远舰右侧鱼雷发射管中的鱼雷被击中，发生大爆炸。下午 3 时 30 分，致远舰在东经 123 度 34 分、北纬 39 度 32 分的黄海海面上沉没。

邓世昌落水以后，随从刘忠把救生圈抛给他，他悲愤交加，满怀遗憾地说："事已至此，我何惜此命。唯不能与倭寇同归于尽，死不瞑目。"他蓄养多年的爱犬游到身边，紧拉他的手臂。然而邓世昌誓与舰共存亡，毅然抱紧爱犬，一同没入波涛之中。全舰将士两百多人，除二十七人遇救外，全部壮烈牺牲。

邓世昌殉国后，近代著名维新派思想家郑观应深受感动，写下《忆大东沟战事感作》："东沟海战天如墨，炮震烟迷船掀侧。致远鼓楫冲重围，万火丛中呼杀贼。勇哉壮节首捐躯，无愧同袍夸胆识。"这首诗生动地描述了黄海海战的战斗场面，热情歌颂了邓世昌的英勇事迹。"壮节"是光绪皇帝赐给邓世昌的谥号。

为了缅怀、纪念邓世昌，弘扬其坚贞不屈的战斗精神和高

刘公岛上的邓世昌铜像

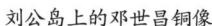

度的爱国主义精神，今威海市立有多座邓世昌铜像。其中，环翠楼公园前的铜像身穿披风，表情深沉，双手按着一把长长的带鞘的宝剑，十分威严。中国人民海军的一艘多功能直升机训练医疗舰也以邓世昌的名字命名。

2. 周家恩血战摩天岭

在中日甲午战争中，丁汝昌、刘步蟾、邓世昌、林永升等北洋海军将士浴血奋战，谱写了一曲曲感人的壮歌，其英雄事迹至今广为流传，其不屈精神永远令世人敬仰。同样，广大陆军官兵抗击日寇，涌现出了陆军营官周家恩等一批英勇顽强的爱国将领。

1894年，中日甲午战争爆发。为加强沿海防务，清政府增募巩军后营和新右营，由周家恩署理新右营营官。新右营起初驻扎于威海城南十五里长峰村东北的辛汪古寨，只有五百人，且都是没有经过训练的新兵。

威海卫海岸诸炮台之间距离较远，难以呼应，而且面向陆地的一面没有防卫设施，只能顾及海中，不能兼顾后路。1894年12月，战争形势日趋紧急，李鸿章意识到南岸炮台的这一缺陷，急调周家恩部到摩天岭抢修临时性的土炮台。摩天岭为威海湾南岸群山的最高峰，地势险要，战略位置十分重要。摩天岭炮台位于摩天岭山顶平坦处，设有八十毫米口径行营炮八门，是南岸炮台群的制高点。炮台建成后，即由新右营驻守。

周家恩深知摩天岭战略位置的重要性，更认识到摩天岭的得失对整个战局关系重大，他抱着与炮台共存亡的决心，誓与日寇拼战到底。周家恩一方面带领官兵和附近村民加紧抢修工事，加强炮台的防御能力，另一方面率兵勇抓紧操炮训练、严密防守，随时准备痛击来犯之敌。

1895年1月20日，日本陆军三万余人在荣成龙须岛登陆。29日，日军右路纵队逼近南帮炮台，并与左路纵队构成包围之势。次日，日军右路纵队对南帮炮台发起攻击。30日晨，日军在第六师团步兵第十一旅团旅团长大寺安纯少将指挥下，对摩天岭炮台发起攻击。同时，日本海军在海上向南帮炮台、东泓炮台及日岛炮台开炮轰击。周家恩毫无惧色，指挥兵勇奋力发炮还击，日军死伤累累。

大寺安纯见进攻受挫，大为恼火，亲自督战。日军改变战术，先占领摩天岭西侧的山头，然后向摩天岭发起更猛烈的攻击。

在多次打退日军进攻后，守卫炮台的清军伤亡惨重，弹药所剩无几。随后，日军以密集炮火轰击炮台，炮台上的清军士兵悉数战死。周家恩腿部和腹部多处中弹，肠子突出腹外。他不甘被俘，从西坡爬下炮台，以难以想象的坚强毅力往西南方向爬行了十余里，终因流血过多而牺牲。

日军占领摩天岭炮台后，在炮台上欢呼庆祝，大寺安纯命令《二六新报》随军记者远藤飞云为其拍照，以志功留念。就在此时，停泊在威海湾内的北洋舰队向摩天岭发炮轰击。一排炮弹呼啸而至，大寺安纯被洞穿胸部，顿时毙命。他是甲午战争中第一个被中国军队击毙的日军高级将领。

3. 刘步蟾与舰同沉海

"苟丧舰，将自裁。"这是北洋舰队右翼总兵、旗舰定远舰管带刘步蟾在甲午战争中许下的誓言。这六个字，可见刘步蟾高尚的爱国情操和坚贞不屈的高贵品格。

刘步蟾是我国近代海军的杰出人才、爱国将领。1867 年，年仅十五岁的刘步蟾考入福建船政学堂。他勤勉精进，毕业考试取得第一名，后来擢升建威舰管带，并被派往英、法等国考察。1888 年，北洋舰队正式成军，刘步蟾被任命为右翼总兵兼旗舰定远舰管带。

1894 年 9 月 17 日，在鸭绿江口外的黄海海面上，中日海军之间的一场大战即将拉开帷幕。这是世界史上第一次蒸汽机舰队的大规模对决。

刘步蟾按照海军提督丁汝昌的部署，率定远舰、镇远舰以夹缝雁形阵向日本舰队冲去。12 时 50 分，在距敌舰五千多米时，刘步蟾下令各舰开炮。顿时，海面上浓烟滚滚，烈焰排空。海战刚开始不久，日舰一发炮弹炸毁定远舰的桅楼，正在舰桥指挥的提督丁汝昌身负重伤。刘步蟾临危受命，代替丁汝昌督战。

敌舰惧怕定远舰的巨炮，不敢与定远舰正面对峙。他们凭借速度快的优势，企图从北洋舰队阵前穿过，然后从右侧包抄北洋舰队后路。

在北洋舰队炮火的猛烈轰击下，日本联合舰队的队形一度被冲乱。敌舰比睿号走投无路，慌乱中闯入北洋舰队阵中。刘步蟾指挥定远舰发炮，炮弹打穿比睿号右舷舰长室，落在后樯中爆炸。比睿号下甲板燃起熊熊大火，战舰完全丧失战斗力，慌忙逃窜。

下午 1 时 25 分，定远舰用后主炮轰击赤城号，舰长坂元八郎太被击中头部，立时毙命。随后，赤城号载着舰长坂元八郎太以及十余名士兵的尸体，慌不择路地向大海深处逃窜。下午 2 时 15 分，定远舰逼近敌舰西京丸号，先后命中其左右舷侧和上甲板，致使其舵机失灵。

日本联合舰队在速度、速射炮数量方面远远超过北洋舰队。北洋舰队的军舰年久失修，航速慢，速射炮少。经数小时鏖战，北洋舰队的超勇、扬威、致远、经远先后被日舰击沉。济远舰管带方伯谦和广甲舰管带吴敬荣贪生怕死，逃离战场。

此时，北洋舰队只剩下定远、镇远等四舰与敌人战斗，形势十分不利。定远舰弹痕累累，多处受伤，炮械遭到破坏，仅余三尊大炮还能施放。日本联合舰队野心勃勃，企图聚歼北洋舰队于黄海，击沉北洋舰队的两大主力舰定远和镇远。但刘步蟾抱定"舰亡与亡"的决心，镇定自若，沉着指挥定远舰与镇远舰相互配合，誓与敌人血战到底。下午 3 时 30 分左右，定远舰的一发炮弹击中松岛号，松岛号舰体损伤严重，火炮多半被毁，丧失了作战能力，只得由桥立号代理旗舰。

这场恶战前后五小时，北洋舰队遭受很大损失。由于刘步蟾等海军将士的英勇抵抗，保住了舰队主力，而且给敌人以有效的杀伤。

黄海海战之后，刘步蟾因功晋记名提督，赏"格洪额巴图鲁"勇号。由于提督丁汝昌上岸养伤，清政府特谕刘步蟾代理提督之职。他恪尽职守，仅用一个月就将各舰全部整修完毕。10 月 18 日，北洋舰队移驻刘公岛。李鸿章奉行对外妥协方针，严令北洋舰队"避战保船"，不得擅自出击，致使中国丧失了黄海的制海权。12 月，日本海军从海上对威海卫军港发动攻击。1895 年 1 月，日本陆军开始在荣成湾登陆。随后，日本陆军攻占了威海卫城、南帮炮台、北帮炮台，海军则严密封锁刘公岛以东海面，从而形成了对北洋舰队的水陆夹击之势。

　　日本鱼雷艇乘夜色前来偷袭，定远舰中弹受伤，海水猛灌。为防止定远舰沉没，刘步蟾急令断锚南驶，至刘公岛东南海岸浅水处搁浅，继续当作炮台使用。刘步蟾指挥定远舰官兵先后打退了日军八次进攻。连续作战数天后，定远舰炮弹告罄。刘步蟾为防被敌缴获，下令点燃炸药，轰散船体。当夜，他眼见舰队濒于毁灭，败局不可挽回，痛心疾首。他不甘受辱，拒绝了日军的劝降，在绝望中自杀，履行了"苟丧舰，将自裁"的誓言。刘步蟾殉国后，山东巡抚李秉衡在奏折中称，刘步蟾"船亡与亡，志节凛然，无愧舍生取义"。

四

近代风雨　中外交融

面对寻之无际、望之无涯的大海，人们会产生乘风驭浪"直挂云帆济沧海"的豪迈与开放，也会有"沧溟八千里，今古畏波涛"的惊惧与畏缩。回望历史，我们有过畏缩、屈辱与无奈，在被动中开埠通商，留下了无法忘却的记忆。传教士的活动，毁誉参半，在实施文化侵略的同时，也带来了西方先进的教育、科技，为山东打开了一扇与西方近代文化交流的窗口。山东沿海多个港口的开埠及被列强租借，在承受西方经济侵略的同时，也促进了山东近代民族工商业和城市的发展。

（一）登州开埠起风云

第二次鸦片战争，在以英国为首的西方列强的坚船利炮下，清廷不得不再次吞下惨败的苦果，被迫接受一系列屈辱的不平等条约。登州，虽说设于唐代，但这里沿海一带自秦开始就有商船驶往日本和朝鲜半岛，汉以后逐渐成为海上丝绸之路重要起点。近代登州，在一片萧瑟景象中翻开了新的一页。

1. 开埠疑云

树木随凛冽的寒风摇曳，山东半岛北端的登州笼罩在一片白雪皑皑的肃杀之中。从蓬莱阁上隔着锯齿状的墙垛，可以俯瞰崖壁下的水城港湾。仅存的几艘木帆船停泊在水城港湾一角，船舷上凌乱地堆放着破旧的船帆，帆上蒙上了厚厚的灰尘。透过狭窄的水门向远处望去，海天相接，白云低垂，频频有海鸥盘旋，发出清亮的叫声。站在城头上的马礼逊不动如岳，用双眼捕捉海鸥的动态。

半个多月前，英国人马礼逊一行不顾天寒地冻，急匆匆地由陆路从天津进入山东，直达山东首府济南。1858 年，清政府被迫签订中英、中法《天津条约》，条约规定登州为新开的对外通商口岸。两年过去了，面对西方列强都在加紧瓜分中国的局面，英国驻华公使急于落实条约的既得利益，于是在新年刚过就派驻天津的领事马礼逊前来山东筹办领事馆和开埠事宜。

之前全国各地因开埠一事与洋人多有摩擦，时任山东巡抚文煜虽对这些傲慢的洋人嗤之以鼻，但恐生事端，丝毫不敢怠慢。既要履约，又要保证大清颜面，选何人作为代表成了难题。再三挑选下，文煜的视线锁定了候补知府董步云。董步云之前曾与盘踞在芝罘的法国人打过交道，见识过各种场面，遇到突发情况也能泰然处之，最关键的是他曾受到咸丰皇帝的肯定。选他做清廷代表，甚为稳妥。于是就由董步云作为代表协理，陪同马礼逊前往登州，实地考察港口。

开埠时期的登州港及蓬莱水城

　　马礼逊此次对登州港口的"考察"似乎心不在焉，董步云很快察觉到了异样。闲庭漫步的交谈中，马礼逊多次"不经意"地提及并询问芝罘的情况，并谈到登州蓬莱港湾不宜建设现代港口，因门窄水浅，且水城外海没有船舶避风场所，而登州辖区的芝罘湾显然更适合欧洲千吨以上的军舰和商船停泊。这让董步云不禁惊出一身冷汗。

芝罘在登州府城蓬莱东方百里之外，有着优越的气候地貌，"气候之良，为北方冠，冬不严寒，夏不酷热，居住最宜"。最重要的是，芝罘湾是天然不冻港，可建深水码头，北边与辽东半岛隔海相望，扼守渤海湾咽喉之处。这里不仅是捍卫京津的国防战略要地，也是与朝鲜半岛往来的重要通道。就在前一年入夏时节，法军三千余人曾兵不血刃占领芝罘湾，并在烟台山上修筑炮台，在山下修筑水桩码头，协同英军封锁渤海湾，并以此为据点进逼京津。当时受清廷指派前去与法军交涉的，正是董步云。

马礼逊的想法昭然若揭，考察是假，换港才是真。他出生在中国澳门，又在华久居，是个地道的"中国通"。此次来登州前，他早已多方打探过芝罘的情况，并做了充足的准备。见时机成熟，马礼逊立刻提出以芝罘湾取代登州为履约开埠港口，并催促董步云加紧筹办。事关重大，董步云也十分清楚芝罘的重要性，面对马礼逊的无理要求，他只能以"须奏请朝廷"为由拖延。

令人意外的是，虽条约明文已定，清廷竟未明确反对或据理力争，而是认可了这一事实。泱泱大国，不发一声，主权沦丧任洋人摆布，可悲可叹。

咸丰十一年七月十七日（1861年8月22日），清政府三口通商大臣崇厚派官员王启曾在烟台宣布筹建东海关。至此，烟台（芝罘港）取代登州（蓬莱港）成为山东近代第一个开埠港口。这一天，也被普遍认为是烟台开埠的日子。

次年，清廷将行政管理机构登莱青兵备道移驻烟台，道台崇芳兼任东海关监督。东海关管辖范围为山东半岛沿海五府（登州府、莱州府、青州府、沂州府、武定府）的十六个州县二十三个港口。"烟台"作为地名出现在官方文件里，是在1862年1月。清政府总理衙门大臣奕䜣、桂良等人在奏折中，首次将芝罘称为烟台。但在西方，例如《大不列颠百科全书》等文献资料中，烟台至今仍被标注为"Chefoo"。

日后，马礼逊成为烟台首任英国领事。领事馆云集的烟台山上多了一条被命名为"马礼逊路"的小路，至今仍在。这条小路不断提醒着过往行人那段百年前的屈辱历史。

2. 烟台山秘闻

在烟台开埠的当年，外国人竞相涌入这座人口不多的港城。

英、美、法、日等十六个国家相继在烟台山上和山麓建造领事馆、教堂、邮局、俱乐部等各类机构和建筑。1866年，烟台山西部建成海关码头，东海关在熨斗墩上建灯楼和旗杆，指挥进出码头船只。围绕烟台山和港口码头，一时间洋楼林立，洋行遍布，并逐渐形成了西起码头、东至东炮台的外国人居留区。这里的建筑多为欧式或中西合璧，依托山峦，临近碧海，广植绿树，风格各异。无论大街小巷，皆用洋灰铺道，平滑如砥，形成了山东近代不曾出现过的新的城市景象，这在当时中国北部的城市中，也堪称第一。

烟台的商业一天天繁荣起来，并辐射到了潍县、威海、青

开埠后的烟台芝罘港

岛等地。花生、大豆、丝绸、矿产等也由港口源源不断出口海外。至甲午中日战争之前，烟台港当时的贸易地位居北方三港的首位，超越了天津港和营口港。但在蓬勃发展的表象下，暗流涌动。

烟台开埠后，清廷批准登莱青道移驻烟台，专司中外税务。在东海关设立后，中方面临最大的困难是如何向外国商船征税。因语言不通，东海关只能聘任外国人从事税务工作。开始还只是雇他们充当翻译，但慢慢地就变成直接让外国人充任税务官。东海关第一任税务司是英国人汉南，烟台海关权和港口管理权自此旁落。在之后长达八十余年里，东海关税务司一职一直由外国人把持。

外国人把持下的海关税务，让西方势力顺理成章地成为港口贸易中获益最大的赢家。各列强国家支持下的洋行恃霸权疯狂扩张，垄断性经营，牢牢控制烟台口岸的命脉，并从事鸦片等非法贸易活动。

除了经济掠夺，英、美等国对中国主权的侵犯也愈演愈烈。英国驻烟台领事不断向清廷施压，欲在烟台山下勘定租界，还提出仿照上海租界章程，设立"工部局"，征收码头捐。东海关道张荫桓对征收码头捐一事坚持不允，使得已经划定的烟台租界实际并未确定。于是英国单方面在驻烟领事馆设立巡捕，还组织了领事法庭，以攫取领事裁判权。其中"英国人礼也诉太古洋行"一案曾轰动一时。1894 年，驻烟各国领事非法设立了"工部局"。通过控制烟台外国人居留区的司法权、税收权，甚至是行政管理权，"工部局"实际上成为一个市政管理机构。但中国政府始终未承认其合法性。第一次世界大战后，中国人民掀起了废除不平等条约的运动，国内各列强占据的租界相继被收回。这个存在于烟台山下的非法租界一直到 1930 年才被烟台市政府收回——自开埠以来，完整的市政管理权终于回到了中国人手中。

3. 书生的欧战劳工之旅

1917 年初的欧洲，炮弹横飞的焦土上，数百万人卷入如同绞肉机一般的残酷战争。协约国中，英、法兵力锐减，后方军工厂人员都调往前线参战。为摆脱劳力不足的窘境以挽救战争颓势，法、英等协约国将目光投向了东方的山东半岛。

此时，内忧外困的北洋政府也在积极准备参战，以期在战后谈判中赢得一定国际地位。而向英、法提供劳工所承受的战损风险远比直接派军队参战要低得多，也会增加战后谈判时的筹码。于是袁世凯派遣心腹梁士诒与英、法两国商谈，应允招募华工，奔赴欧洲战场。

很快，应募青年一批批地集结到威海卫，陆续进入英、法搭建的简易华工营，接受筛选和培训。这些人主要来自山东省，也有部分来自其他各地，多是饱受生活之苦的农民。这种可以出海"挣洋钱"来养家糊口的机会，在当时闭塞的环境下极其难得。于是在各个招工点，天不亮就有人聚集，等待接受筛选。

在这些应募者中，有一人显得很特殊。他叫孙干，山东博山人。与绝大多数为了"挣洋钱"的贫苦农民不同，他书香门第出身，兄弟在外省做生意，家境并不困难。他从济南省立师范毕业，成了一名小学教师。因为身体瘦弱，在招工点几次被拒，可他执意要前往欧洲，目的是去西方考察，开阔眼界，回国后达成"教育救国"的夙愿。1917 年 7 月，在历经体检等一系列程序后，孙干终于领到了一个刻有身份编号"63484"的铜手镯和一套干净的衣服，他终于如愿以偿了。

包括孙干在内的十四万华工分批次从山东半岛的几个港口出发。这是一次伴随着晕船、卫生糟糕、饮食缺乏以及疾病侵扰的长达数月的艰辛之旅。当时在威海卫的英国人曼尼科·高尔（Manico Gull）记录下了中国劳工离境时的情景："成千的苦力洗了身，穿好衣服，带着钱，拥向管理处周围的场地，彼

1917 年，乘船前往欧洲的中国劳工

此打趣，欢笑，互相检视随身携带的大口袋，把银圆拿出来数了又数，等候着整队出发的命令，开往码头。"在离港的那一刻，"人们看不到任何不安、勉强、害怕和不愿意的情绪"。

英、法的华工招募合同中虽然注明华工不参与战事，但实际上华工在欧洲的工作大多与战事相关，且工作地点多在战争危险地带。在前线劳作的孙干曾作诗一首来描述头顶战斗机横行的日子："一日迁徙二日挪，隆隆雷电何其多。伟大蜻蜓蔽天日，尾泻青烟快于梭。空中行列如蚁卵，时遭焚毁遇天火。"

在西线战场，有的人生产军需物资，运输作战弹药，抢修铁路和马路；更有大批人被送往战场前线挖战壕，掩埋尸体；也有部分劳工参与了技术含量更高的工作，比如修理军用车辆、维护火炮等武器。英国军官弗雷德·塞耶讲述过一个故事，他

1917 年—1918 年，在欧洲劳作的华工

手下的华工被要求将一台巨大的舰炮从地面上吊起，塞耶认为难度很大，然而，华工"在一端打入楔子作为支撑点，在平衡点上打上横梁，然后抬起另一端，缓慢但不费力气地，舰炮被吊起来"。塞耶十分自豪，认为这些华工打败了军队的工程师。《关于华工的信息》中记载，中国人"吃苦耐劳，心灵手巧，如果管理得当，他们是世界上最好的工人"。

但劳工们劳动繁重，在严重的种族歧视之下，更是受到了不公的待遇。绝大多数的国人被当作苦力使唤，每天工作十小时，每周工作六天半，领着极低的薪酬，每日两餐且忍受着低劣的饮食、居住条件。在战争和疫病中，数千中国劳工长眠在了异乡的土地上。法国滨海努瓦耶勒有着欧洲最大的华人公墓，墓地有中国赠送的石狮守护，842 名中国劳工长眠于此。他们的墓碑上都刻有中文墓志铭，以"至死忠诚""虽死犹生"字样最为普遍。

1920 年初，"63484"号华工孙干回到山东博山。他写下了《欧

法国滨海努瓦耶勒的华人公墓

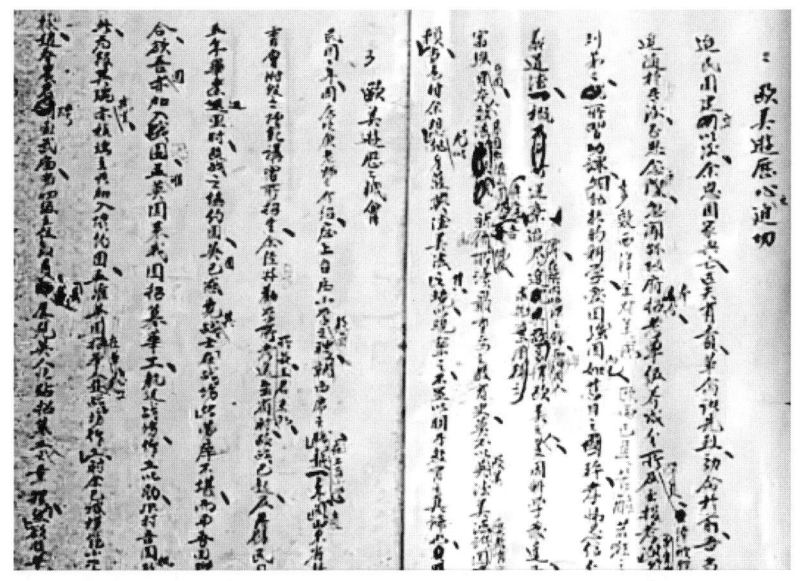

孙干《欧战华工记》手稿

战华工记》《世界大战战场见闻记》，详细记录了自己作为华工赴欧期间的工作、见闻和生活。

随着研究不断深入，这段尘封的历史逐渐被揭开。在"下欧洲"的数年中，接近两万华工死亡或下落不明。这是十四万华工用鲜血和汗水凝聚的一段悲壮历史。如今，在威海百年前华工离境奔赴异乡的地方，人们建起了一战华工纪念馆。百年前，正是这些来自山东的华工让西方世界重新认识了中国人。

（二）东西际会孕新潮

烟台开埠后，外国人源源不断来到山东半岛地区。与列强殖民者的强盗行径不同，以狄考文、郭显德为代表的传教士兴学堂，办医院，引进西方先进的科学和技术，造福一方百姓。这些善举在日后结出了累累硕果，在山东历史上留下了浓墨重彩的一笔。与此同时，山东文化展现出极大的包容性，各行各业在东西际会的浪潮中展现出了新的活力，在蓬勃发展中造就了许许多多的"中国第一"，在山东乃至全国近代化的进程中发挥了不可估量的作用。

1. 狄考文创办文会馆

上海美术电影制片厂1959年拍摄的剪纸动画片《渔童》中，面目狰狞的洋人传教士与清廷官僚颠倒黑白，串通一气，用尽卑鄙手段欺压港口的淳朴渔民。在许多反映这一时间段的文艺作品中，洋人传教士的形象大多是负面的。

"在我们经过的每一个村庄里，'洋鬼子'这个词语不绝于耳。""它所表达的意思与其说是对福音的敌意，还不如说是中国人对外国人全民性的敌意。"美国传教士狄考文在日记中，记录下了他刚到山东时的感受。

1864 年 1 月，美国传教士狄考文（Calvin Wilson Mateer）夫妇与郭显德（Hunter Corbett）夫妇由美国长老会差遣，历尽千辛万苦抵达烟台地区。

到达登州之后，狄考文首要的任务是学习当地的语言以及兴办新式学堂。可登州是科举重地，百姓又对这些突然出现的洋人充满敌意，传播西方文化的艰难可想而知。但狄考文没有退却，他立即以极大的热忱投入当地的活动中。

他首先在登州城北一座观音庙租下地皮，办起登州蒙养学堂，最初只招收了六个男孩。1872 年，又扩大校舍，增加课程，并制定了九年的学制，前三年为备斋（小学高年级），后六年为正斋（相当于中学）。1876 年，学堂取"以文会友"之意，定名为文会馆（英文名称"Tengchow College"），学制十二年。这就是近代中国第一所现代型

登州蒙养学堂最初招收的六名学童合影

大学的前身，其成立比后来闻名世界的"京师大学堂"（北京大学的前身）早了十几年。

狄考文亲自编写课本，包括数学、物理、化学以及国学、英文等。他的妻子则讲授历史、地理、音乐等。1886年，文会馆再次扩大规模，可以容纳一百多名学生。同时，还增加了木工、电工等课程，并由一些传教士讲授天文、逻辑等新课程。许多先进的教学体制和办学理念也是第一次出现在中国，为清末"新政"兴办新式学堂提供了样板。

登州文会馆主建筑

齐鲁大学师生在校门前合影，齐鲁大学的前身为登州文会馆

登州文会馆在日后"山东大学堂"（山东大学前身）的初创阶段也起到了很大作用。清政府谕令全国"仿照举办"，各省纷纷效仿山东办学的经验，争聘文会馆毕业的学生为教习。从文会馆走出的学子自此遍布全国，成为中国早期全国各地高等学堂重要的师资力量。

两千多年前的齐国大地上，稷下学宫作为世界第一所官办高等学府，以"百家争鸣"之势，促进了先秦时期全国学术文化的繁荣。两千年后同一片土地上，登州文会馆（齐鲁大学前身）协同由长老会传教士创办的登州女校（山东第一所女子学校）、登州启喑学馆（中国第一所聋哑人学校），再次以山东为根基，冲破了以私塾教育为主的藩篱，给中国近代教育体制带来了革新。

2. 郭显德兴教多义举

在义和团运动"灭洋"排外时期，山东民间流行着一句口号："外国人不杀郭显德，中国人不杀赵斗南（郭显德的学生）。"是一个怎样的外国人，能让愤怒的民众放下成见，不忍加以伤害呢？

在中国的外国传教士中，郭显德可能是最"不屈不挠"的。在前往山东的途中，郭显德就险些在沿海地区遇难。等到了登州，他面临的环境比狄考文更加艰难。因当地百姓的排斥，他连一间像样的房屋也租不到，只得栖身在一间废弃的观音堂里。在最初的一段时间里，他几乎走遍了整个山东省，风餐露宿是常态，但步履所及之处无不充斥着百姓的谩骂，一些孩童甚至把石块狠狠地砸到他的身上。就这样苦撑了一年，郭显德无奈之下去了芝罘（烟台）。可能连他自己也没有想到，他这一生都会留在这片土地上。

刚到烟台时，郭显德被当地人视为异类。与狄考文类似，他也在烟台兴办了学校。1866 年，郭显德在毓璜顶创办了新式学校文先小学（男校）和会英小学（女校），对就读的孩童免除全部费用并提供食宿。郭显德的夫人苏紫兰在毓璜顶创办了烟台第一个幼儿园，后来又增设了师范训练班，为幼儿园培

早期的毓璜顶医院

养专业的幼儿教师。其后他们又在福山、牟平、栖霞、莱阳、海阳、即墨、胶州等地区创办小学共四十余所。郭显德的名声慢慢传播开来，当地百姓亲切地称他为"老郭"。

除了兴办教育，郭显德还积极投身卫生医疗事业。在那个年代，百姓看病是件花费昂贵的事情，看洋医生更是一种奢望。1890年，郭显德及夫人就在会文书院一侧开了一间义诊所，为普通民众看病。1906年，郭显德从美国请来了宾夕法尼亚大学医科毕业的奥斯卡·希尔思医生，同时运来设备和药品，并多方奔走，为筹备医院募集了大量资金，也获得了当时垄断烟台西药和医疗器械的洋行的支持。1914年，郭显德的医院落成，命名为毓璜顶医院，由希尔思任院长。

医院分南北两楼，可容纳病床百余张，这是烟台当时唯一设施完善、装备一流的西医医院。在医院的开业典礼上，面对欢呼的当地民众，年近八旬的郭显德老泪纵横。开业当年，毓璜顶医院就接诊病人 4601 人次，这极大地改善了烟台地区的医疗情况。

此外，郭显德还筹备了山东第一个博物馆，取名为"博物院福音堂"，向社会免费开放。他在百忙之中，在烟台各地和附近海岛搜集各种珍禽异兽和矿石，亲手做成标本对外展出。馆内的展品还包括很多近代的科学仪器。一有空暇，郭显德就亲自进馆，向当地人普及自然科学知识。

为表彰郭显德做出的突出贡献，光绪皇帝曾为他颁发顶戴。后来，他又获得中国国家元首袁世凯的表彰。他是为数不多的获得中国最高当局颁发荣誉，且深受百姓爱戴的美国传教士之一。

博物院福音堂，后改名为烟台自然博物院

1920 年，郭显德在烟台去世。据说当时出席葬礼的各界人士数以千计，墓园外更是围满了前来送行的百姓。如今，烟台市中心毓璜顶的山上有一块刻有中英文墓志铭的黑色花岗岩墓碑，墓碑之下长眠着的，就是这位"老郭"。

3. 花边编织女性新生活

1894 年，英王乔治五世的妻子玛丽王后突然收到一份来自大洋彼岸的礼物，是她远在山东烟台的好友史密斯女士寄来的。王后在欣喜之余，更多的是赞叹。这结合了西方传统工艺的精美绝伦的绒绣，出自山东普通农妇之手。

在烟台当地被称作"密师母"的史密斯女士与同时期的莉莉·马茂兰女士都懂得花边编织技艺，也为中国女性传统的绣花技艺所深深折服。她们都希望心灵手巧的山东女性能在花边产业上有所作为。

那时，绝大多数妇女不能接受传统私塾教育，也没有经济自主权。于是莉莉·马茂兰就与美国长老会传教士海尔济的妻子梵妮合作，开办了一家花边讲习班，教授烟台妇女花边编织技术。1895 年，马茂兰夫妇以教会名义正式将讲习班扩建为培真女校，收容生活无着落的贫苦女子入学，采用半工半读的形式，让她们一面读书，一面学习编织花边技术。培真女校位于烟台南山路口，两层楼的校舍在当时是颇为壮观的建筑。除了可以受教育，在校工读的收入每月有五千至八千文，这吸引了许多女孩到培真女校学艺。

编织花边的山东妇女

　　在这里，女性特有的灵活、细腻等优势得以施展。后来马茂兰开辟了美国市场，培真女校生产的花边已无法满足市场需求，于是大部分花边由周围胶东各县的农村妇女编织。栖霞等县也创办了花边学校。至第二次世界大战前夕，胶东地区以此谋生的妇女多达数十万人。

　　由马茂兰夫妇带动的花边产业增加了山东地区广大贫苦农村妇女的就业机会和收入，使她们有了一定的经济地位。自此，这些贫苦妇女的生活揭开了一个新的篇章。

4. 京剧码头唱国风

　　1916年初夏，烟台所城北门外的一面子街（今丹桂街）华灯初上，流光溢彩。中心地带的德桂茶园里，楼上楼下能容纳一千多人的场地硬是挤进两千多人。一片人声鼎沸中，戏迷们翘首以盼，只为一睹时下炙手可热的名角"麒麟童"的风采。

　　这次献演，是京剧名角"麒麟童"周信芳时隔多年后的故地重游。他带着新排演的《打渔杀家》，一登台就赢得了满堂彩，之后连唱三天。又应戏迷要求，加演数场。德桂茶园的门票更是千金难求，场场爆满。当时全国主流报刊如上海的《申报》都做了报道。而在烟台，这种情景早已成了常态。仅这一条街上，不到两百米的范围内，唱戏的茶楼、戏院就紧挨着开了五六家。

周信芳演出剧照

开埠在促进贸易和商品经济活动的同时，也加速了全国各地艺术文化在山东的传播。19 世纪末在北方盛行的京剧尤为明显。

当时许多京剧名家乘船往来京津、上海，途中常路过烟台。他们利用下船休息的时间，在烟台的茶馆、戏楼演出。据查证，谭鑫培、孙菊仙、郝寿臣、杨宝森、尚小云、杨小楼、程砚秋、荀慧生、张君秋、周信芳等全国各流派两百多位著名京剧表演艺术家曾来烟台献演。一时间你方唱罢我登台，每逢节日、庙会，均有名角献演，盛况空前。京剧演出市场的繁荣也带动了山东当地观众欣赏水准的提高，遂有"烟台京剧难唱"的说法，用当时的行话说，就是"北京学成，天津走红，上海赚包银，烟台来验收"。

1907 年到 1927 年间，京剧名家周信芳先后五次到烟台搭班献演，用精湛的技艺征服了这座"京剧难唱"的商埠码头。1927 年，周信芳在烟台倡导创建梨园公会，并被推举为首任会长。"京剧码头"的盛名从半岛传向全国。

（三）革命实业竞风流

近代以来，山东屡遭西方列强的军事侵略、经济掠夺和文化渗透，民族危机日益深重。义和团运动失败以后，清政府为了维持统治，被迫推行"新政"，派遣留学生，编练新军和巡警，兴办实业，进行宪政改革等。自洋务运动始，山东省出现了一批近代民族企业，资本主义经济不断发展，为新生的资产阶级革命派的涌现和辛亥革命运动在山东的兴起奠定了经济基础。

1. 山东辛亥革命第一枪

一阵急促的敲门声传来，栾忠尧一打开门，就看到乌黑的枪口，这可不是普通的客人。拿枪的人猛地把他推进屋内，砰的一声把门关上。"快走！消息走漏，道台已下令封锁城中各处路口，在城中搜捕你们！事不宜迟，赶紧出城。我等会儿在城内相机而动，勿念。"话

徐镜心（1888—1914）

说完，来人就推门离开，匆匆地消失在夜色中。栾忠尧意识到，革命秘密活动已被清廷密探侦悉，情势已到了万分危急的地步。

11月11日晚，栾忠尧乔装摆脱了清军的追捕，与其他在

烟台的同盟会会员聚集到南山杨新亭家，商讨对策。

此时，辛亥革命已经在武昌爆发，此后短短一个月里，十几个省宣布脱离清政府。而在山东，面对湖北军政府发出的号召山东人民"速举义旗"的《檄山东文》，巡抚孙宝琦却在观望等待，不愿脱离清政府。为推动山东的革命运动，"建共和之民国"，中国北方革命领导者、同盟会北方支部支部长兼山东分会会长徐镜心与同盟会丁惟汾等人一方面在省会济南联合各界敦促孙宝琦接受独立约章，争取山东和平独立；另一方面，密令各地同盟会骨干在地方准备组织发动武装起义。

同盟会会员栾忠尧秘密返回烟台，并与孙歆臣等广泛开展活动，争取以武装起义使烟台先行独立，以推动山东全省的革命运动。但清廷的反应速度让他们猝不及防。实际情况甚至比他们预想的还要糟，登莱兵备道兼东海关监督徐世光已经从登州调兵遣将加强守卫，大清海军舞凤号舰队也正从天津开来。烟台的革命活动面临在"联合绞杀"中失败的危机。情势紧急，众人当即决定于次日先发动起义。

11月12日晚，由栾忠尧担任总指挥，以同盟会创办的东牟公学师生为骨干力量，兵分三路，一路进攻登莱青兵备道署，一路前往大清银行放火助威，另一路直奔海防营清军驻地。其中，攻占海防营清军驻地尤为关键。海防营的清军装备有洋枪洋炮，而起义的队伍一共只有"十三太保"M1866步枪一支、手枪五支，力量相差悬殊。起义人员乘着夜色，用布包着小笤帚疙瘩当手枪，用布包着苹果当手榴弹，以壮声势。晚10时，烟台水产学堂的学生把鞭炮放在准备好的火油桶里点燃，爆竹声瞬间声震四野。革命党人还指导学生将油桶的油倒在屋顶上，在起义爆发时点燃，瞬时火光冲天，爆竹震耳，既为起义队伍壮威，也震慑清兵。起义队伍在奔驰途中摇旗呐喊，振臂高呼，声吼如雷。一时间，"革命党大军来啦"的呐喊声，伴随着枪声、爆竹声响彻夜空，许多守岗哨兵见状纷纷逃遁。

起义的"十八豪杰"之一、在海防营当营哨官的宫锡德，是海防营管带董宝泰的内弟。他在见到起义的火光信号后，带着几个起义队员顺利通过盘查，径直闯进董宝泰的卧室。刚从梦中惊醒的董宝泰还未来得及穿好衣裳，就被宫锡德用枪顶住了胸膛："姐夫，我奉革命军之命前来接管队伍。咱们虽是亲戚，但我不能因私误公。只要你立即集合队伍，移交兵权，让海防营听我调遣，我保证你安全离开烟台……"宫锡德话音未落，董宝泰连忙点头答应。就这样，革命党人"智取"了清军驻地，完全控制了海防营。起义队伍攻打道台衙门，道台徐世光带着家眷在英国人的掩护下仓皇逃往青岛。攻打大清银行的另一起义队伍还缴获了现银八万余元、纸币十万余元。烟台城内清军纷纷弃械躲藏，警察厅厅长赵英汉见势不妙也逃之夭夭。烟台武装起义一夜之间获得成功。

11月13日凌晨，起义的三路人马会聚登莱青兵备道署，宣布烟台革命成功。至此，烟台正式脱离清政府，成为山东第一座独立的城市。各商户也纷纷易帜表示欢迎，大街小巷鼓角齐鸣，革命气氛弥漫全市。

烟台武装起义成功的消息当晚就传到了济南，山东巡抚孙宝琦见大势已去，不得已在 11 月 13 日宣布山东独立，脱离清政府。烟台武装起义打响了山东革命第一枪，受到孙中山先生的高度重视和赞许。此役不仅推动了山东全省革命运动的发展，也有力地支援了南方和全国的革命运动。

2. 张弼士烟台酿美酒

1891 年，在南洋居住多年的张弼士终于回到了自己心系已久的故土。应时任登莱青道道员兼东海关监督盛宣怀的邀请，张弼士前来烟台商讨兴办铁路、开发矿山事宜。望着烟台郊外漫山遍野的野葡萄，张弼士想起了一件难以忘却的往事。

二十年前，在印尼雅加达，已成为南洋华侨领袖的张弼士受邀参加法国领事馆的酒会。酒会上，法国人用上等的葡萄酒招待来宾。席间，法国领事知道张弼士对葡萄酒饶有兴趣，就一边品酒，一边给张弼士讲起他在 1860 年随法军占领烟台的情形。那时烟台的郊外有漫山遍野的野葡萄，士兵闲暇时就会采来用小型压榨机榨汁酿酒，那味道让他至今难忘。如有机会，他一定要去烟台开个葡萄酒厂。

如今，记忆与张弼士眼前的景象重叠起来。他于是提出要在烟台开办葡萄酒厂，得到盛宣怀的支持。张弼士在烟台进行了实地考察，了解到此地靠山面海，气候湿润，土质肥美，具备种植酿酒葡萄和酿造葡萄酒的条件。第二年，张弼士就拿出三百万两白银，创办了中国历史上第一个葡萄酿酒公司，并以意为丰衣足食的"裕"字为酒厂命名，取名张裕酿酒公司。其

张裕酿酒公司大门

商标上的"张裕"二字是时任军机大臣翁同龢所题写。

酒厂建了，可烟台当地葡萄品种不多，酿出来的葡萄酒也味道不佳。于是张弼士先后从欧美国家引进上百个品种约百万株葡萄苗，经过反复试验，并与国产葡萄嫁接，终于栽培出上好的葡萄酒酿制原料。

原料有了，有能力酿出上等美酒的酒师却难觅。为此张弼士曾三易西方酒师，最终选定了毛遂自荐，又有酿酒世家背景的时任奥匈帝国驻烟台副领事拔保出任第四任酒师。在拔保的建议下，张弼士引进各种先进的生产设备，如葡萄破碎机、橡木发酵桶、红白葡萄贮藏桶、调配葡萄酒和白兰地的橡木桶、铜质的连续杀菌机、白兰地间歇蒸馏机和壶式葡萄皮蒸馏机等。这是继西汉、盛唐以来，中国土地上对酿酒技艺的又一次革新。

1915年，应美国总统威尔逊邀请，张弼士带领中国代表团首次亮相国际舞台，参加了旧金山巴拿马举行的太平洋万国博览会。在此次万国博览会上，张裕产品压倒众多欧洲老牌葡萄酒，力拔头筹。产自中国烟台的"可雅白兰地""红玫瑰葡萄酒""琼瑶浆"和"雷司令白葡萄酒"荣获四枚金质奖牌。张弼士登上了《美国历史杂志》的封面。封面上的张弼士身穿长袍马褂，坐在一张椅子上，正襟危坐，神态威严，彰显大国风范。

张弼士年少时在南洋地区艰辛的经历，让他切身感受到国家贫弱导致华侨在海外遭受的屈辱，深知"实业兴邦"才是强国之路。他常对人说："生为中华民族，当效力于中华民众。"

在近代革命的浪潮下，张弼士积极支持孙

张弼士（1841—1916）

中山先生同盟会之革命义举，为革命筹措资金，素有"红顶商人"的美誉。1912年8月，孙中山途经烟台，特意到张裕公司表达谢意，并留下了题词，上书"品重醴泉"四个大字。"醴泉"出自《礼记》"天降甘露，地出醴泉"，这是对张裕葡萄

1912 年，孙中山题字"品重醴泉"

酒品质的赞美，也是对张弼士作为实业兴邦先驱者的赞美。

3. 李东山的钟表梦

威海人李东山在四十三岁的时候，做了一件大事。

他幼年在烟台做学徒工，后来有机会去德国人和日本人的钟表厂做工。他看着各式各样精美的西洋钟表，听到齿轮转动的响声，甚是愉悦。"何时中国人才能有自己享誉全球的国产钟表呢？"李东山时常这样期盼。

出于对钟表制造的浓厚兴趣，20 世纪初，李东山曾三次东渡日本学习造钟技艺。在观摩之余，他偷偷记下了很多制作要领。回国时，他竭尽所能地购买零件和机械设备。他的志向就是在家乡办一家中国人自己的钟表厂。

经过数年筹备，1915 年时，李东山出资两万五千银圆注册了"宝"字商标，并聘请修表名师唐志成任厂长兼技师，创办了烟台第一家，也是中国近代制钟工业的第一家钟厂——烟

李东山（1873—1946）

台宝时造钟厂。

建厂初期，宝时厂主要从德商在烟台开办的盎斯洋行购进钟机零件，组装出售，用现在的话讲就是"贴牌"。这样中国人还是没有自己研制的钟表。为解决技术难关，李东山多次赴日本大阪"马球"牌钟表厂观摩学习，购置设备，回国后再模拟日本钟表进行试制。在技术摸索的同时，李东山改革工厂管理模式，增加了工人的工资和徒工的津贴，并加大力度提高工人的技术素质。他认为只有这样做，才能生产出与西方相媲美的优质钟表，国产钟表自研之路才能走得顺畅。

1918年，经过数年反复试验仿制，兼具"中国芯"和中华民族元素"国潮"设计的国产钟表还真让他们造出来了，并且深受国人喜爱。那时候，有一块"宝"字牌的钟表，是让中国百姓很自豪的事情。

十多年间，宝时厂生产的座钟、挂钟，不仅占据了国内各大城市的市场，也远销东南亚各国。1934年12月，南京国民政府实业部国际贸易局编纂的《中国实业志》第八编中记载：

"我国制造时钟厂极少，所有者大半集中于山东之烟台。"

李东山是中国第一个创办钟表制造厂的实业家，他不仅带动了烟台制钟业的繁荣，也使烟台的钟表技术传播到中国南北各地。宝时厂培养的一批技术人才之后在天津、沈阳、上海、北京等地先后开办了造钟厂，中国制钟业自此全面发展起来。宝时厂的产品之后也屡屡在国货展览会上获奖，为烟台赢得了"钟表之城"和"东方瑞士"的美誉。

新中国成立后，改制完成的国营烟台钟表厂以天体中最为恒定的"北极星"为商标，将"中国制造"的钟表远销海外，并在1989年普罗夫迪夫国际博览会上获得国内同行业第一个国际金奖，这个百年老字号重新焕发出生机。

李东山的钟表梦已经实现。

五

大美昆嵛山　全真发祥地

美丽的昆嵛山地处胶东半岛腹地，连绵数百里，北望黄渤海，东与朝鲜半岛隔海相望。昆嵛山群山环抱，风光秀丽，"异秀峭拔，为东方之冠"，有九龙池、紫金峰、泰礴顶、水帘洞等著名景观；昆嵛山是历史文化名山，留下了岳姑殿（麻姑殿）、无染寺、烟霞洞等著名历史文化遗址。金元之际，以王重阳为祖师、"海上七真人"为骨干的全真教就兴盛于素有"海上仙山之祖"美誉的昆嵛山一带。丘处机率十八弟子西行与成吉思汗"雪山论道"更是脍炙人口，千古传颂。长期流传于民间的故事记载了昆嵛山地区久远历史在民间的文化沉淀，与昆嵛山特有的自然景观、人文景观、历史记载、文化传统等紧密融合。

（一）奇山秀水蕴神奇

被誉为"海上仙山之祖"的昆嵛山绵亘于胶东地区东部，群峰耸翠，林壑幽深，"七十二峰，峰峰有美景；三十六崮，崮崮藏神奇"。昆嵛山不但有秀美的山川，也有丰厚的人文积淀，历代的文人儒士、道流佛子在这里留下了众多的诗篇辞章、游记艺文和数不清的神奇故事、美丽传说。自然生态之美与故事传说之奇共生相伴，交相辉映，组成了昆嵛山瑰丽多姿的景观图谱和精彩纷呈的文化底色。

1. 龙池喷雪

牟平城东南三十五里，昆嵛西北有峰名曰"苍山"，海拔 685 米。其西北麓有石壁下垂，高差约 150 米，长 200 余米，发源于苍山的山涧泉水沿两壁之间下注，跌入石壁九池中。池之大者直径 4—5 米，小者 2—3 米，水深数米。其形或为瓮盎，或为盆缶，虽旱极而不竭，北流入河，汇于海。这石壁九池，就是闻名遐迩的昆嵛山九龙池。清顺治年间宁海籍进士杨维乔曾集唐人句作《龙池喷雪》五律诗赞曰："石岸行将尽，清溪路不遥。春山晴后绿，瀑布雪难消。珠影舍空澈，龙宫锁寂寥。登临信为美，随兴雪花飘。"清嘉庆年间宁海籍举人赵子辕游览九龙池时，赋长诗《龙池放歌》，其诗曰："道经此地闻喧豗，飞泉挂峰浪喷雪。……黄河倒泻昆仑巅，瞠目九曲如弦掣。岸笠拍手一狂叫，惊起睡龙睡不得。鳞张爪厉相搏战，怒流沸涌如鳅穴。飘沫溅珠眩我眸，崩云屑雨咋我舌。"可见雨后九龙池水流喧嚣、涛声如雷、瀑布挂峰、浪花喷雪的气势。"龙池喷雪"也作为明清时期宁海州的十大奇景之一，被写入历代州志、县志。

关于九龙池的来历，昆嵛山民间流传着这样的传说：某年的阴历六月十三日，龙王带着他的九个儿子巡游来到昆嵛山，惊奇地发现这里山清水秀、林丰草茂，尤其是一处瀑布所在的山坳里，溪泉显得格外清澈，泉水从一面大石壁上披珠挂玉，飞流而下。而且山下附近的一块平坦处，隐约有一道红光从地面上射云中，煞是奇瑰壮观。

龙王的九个儿子不禁被这奇丽的景色迷住，在空中盘旋，久久不肯离去。龙王见此情形，便对九个儿子说道："既然你们喜欢这里的山泉水，那我就在石壁上凿上九个池子，一人一个。你们以后每次巡游到这里的时候，就可以到下面的池子里去洗尘解乏。"

九个龙子听到龙王的主意后，高兴得在空中上下翻飞。龙王翻身降下云头，来到石壁下方，盘曲作势，蓄足气力，一声低吼，整个身体紧贴石壁，依势就形，盘旋而上，身下龙爪旋风般在长达几百米的石壁上一步一坑，挖出九个大小不一的池子。山涧的清泉水也随之如洒珠喷雪一般，顺着这九个池子奔腾回旋，蜿蜒下注。

九子在空中看到龙王把九个龙池瞬间挖成，便迅速从空中降下，按照兄弟次序，分别跳入池中洗浴。霎时间，整个大石壁如沸腾了一样，水花四溅，雾气蒸腾，翻浪喷雪，蔚为壮观。四散在空中的水汽里很快现出一条七色虹桥，一头在龙池，另一头则恰好落在苍山的主峰极顶。

周围的百姓看到真龙降临、虹彩呈现的异象，无不奔走相告，欢腾雀跃。此后昆嵛山周边的信众便在山下那块红光冲射处，建起九龙庙一座，正房大殿内塑龙王神像一尊、胁侍若干、东西两壁各绘龙王辟池及九子兴云布雨的彩绘图。

旧时每当昆嵛山周围久旱无雨时，当地的人们就会来到九龙池下的九龙庙，祈求龙神洒降甘霖，救民疾苦。据说每祷必应，所求皆遂。为感念龙神威德，人们又捐资在龙王庙旁建精致戏台一座，每逢节庆庙会之时，便聚集于此歌舞以娱神。

每年阴历的六月十三为昆嵛山九龙池山会开始之日，山会开时，好戏连台，万头攒动。据说每年的六月十三日，九龙池里水波涌动，起伏翻滚，石壁间隐隐传出龙吟之声，有人说那是九龙前来，在此洗浴。

九龙池的这个传说始于哪个年代，现已无考。但至迟在宋金时期，九龙池在山东半岛一带就很有名气了。金代登州太守李仁仲写有《谒姑余回访九龙池诗》，说明九龙池在当时就有着很高的知名度了。明清时期，当地的官员游览昆嵛山时，更是必临九龙池，如明代宁海州同知焦希程就写有《九龙池》诗："谁将一片石，第凿九龙池。淑气千峰合，灵源万木滋。境幽人不到，迹隐事难知。料得池中物，风云会有时。"又海阳万历进士、山西按察使高出有《九龙池》诗："山巅俯山腰，贯珠垂璇源。却从山足绕，茑萝及攀援。九池悬削壁，其四手可扪。云是混沌时，仙女洗头盆。"可见九龙池在当时的影响之大和知名度之高。

昆嵛山"龙池喷雪"

2. 闻名遐迩的烟霞洞

烟霞洞位于昆嵛山西北麓，神清观转北拾级而上里许处。洞为一突兀岩石自然生成，后稍加人工雕琢而成。此洞僻静清幽，洞内东壁刻有"烟霞洞"三字，字迹端方古朴，苍劲浑厚。洞室呈椭圆形，最高处约三米，最宽处约四米，进深七米有余。洞口上额镌刻"烟霞"二字。

历史上烟霞洞被誉为神仙窟宅，与道教全真派在此创建息息相关。它既是七真祖师跟随王重阳住山修行的金刚宝地，也是全真教开宗立派的启教祖庭。昆嵛山地区最早的地方志——明嘉靖《宁海州志》中对烟霞洞的来历有如下记载："金大定间，有重阳王真人自关西来，谓大姓于氏曰：'我尝修炼此山烟霞洞中，盍往登焉！'于笑曰：'吾世居此，安闻有洞耶。'乃相与求之。果有洞，洞口大书烟霞洞三字。于以为神，遂立祠纪石。"此传说不但见于本地的历代史籍和烟霞洞下神清观内最早的元代碑石，亦散见于全真教的各种典籍史料。

烟霞洞自成为道教全真派的祖庭后，名声大振，前来朝拜隐居的人络绎不绝。民国《牟平县志》中存录了两位隐居于此的道人所作的诗。其中一首是当年见证王重阳开辟烟霞洞，并按王重阳祖师要求居此修行的那位大姓于氏所作《题烟霞洞》："石上晴烟洞口霞，居民云是祖仙家。谁知丹灶藏铅火，炼出金莲七朵花。"此诗不但文采斐然，而且清楚地阐述了烟霞洞与全真道七子之间的渊源关系。另一首是明代隐居于此的紫霞道士所作《偶吟》："万顷烟霞客，一壶浅澹心。寻梅踏雪近，

昆嵛山烟霞洞

栽竹锄云深。鹤唳松前语，琴弹月下音。有时超物表，直上翠微岑。"道家的以松鹤为伴、烟霞为侣的超然物外姿态跃然于纸上。

烟霞洞不独有深厚的文化底蕴，其特有的山水风光亦为后人所称道。其洞左傍高松矗立之长松冈，右拥嵌岩突兀之仙游岭，背靠嵯峨高峻之瑞烟岩，前迎东南日出之泰礴顶。洞前有古松一株，亭亭如盖，洞下有丹泉一井，汩汩而出。洞之东角者曰望海台，北眺大海如在眼前；洞之西南者曰风云石，风云变幻如蹈梦境。至若清风亭观夜月山市之奇景，则有清代赵子辕《山市歌》长诗为证；飞泉居赏溅珠挂玉之异观，尚存明季戚兆伯结庐遗址与玉液池可证。无怪乎丘处机于金大定年间重回烟霞洞时，感慨其地"气象恢宏，峰峦巉绝，千变万状，不可名目。其磊落孤高出群者，不能尽举"，并赋诗赞曰："白石磷磷绕洞泉，苍松郁郁锁寒烟。碧桃花发朱櫻秀，别是人间一洞天。"

至清代以降，各种版本的《牟平县志》《宁海州志》等史籍均将"石洞烟霞"列为"牟平十景"之一。历代系马山趾、邃谷访踪者不可胜记，文人雅士题咏烟霞洞之诗词游记亦搜检难尽。其中，传诵最广者当属牟平人、清代翰林院庶吉士杨维乔集唐人句所作《石洞烟霞》一诗："形胜得仙家，应忘道路赊。乔林百尺木，岩岫几重花。风暖鸟声碎，云深涧户斜。仙人何处在，窗里发烟霞。"

如今的烟霞洞已成为昆嵛山一处集山水之秀与人文之胜的游览胜地，吸引着越来越多的人前来追古探秘、寻幽览胜。

3. 昆嵛之秀紫金峰

紫金峰位于文登市葛家镇西于村北，海拔 257 米，是昆嵛山主峰南麓的一座山峰。据记载："紫金峰，一名昆嵛，高出半天，俯瞰大海，有泉灵源，是昆嵛山绝胜处。"由此可见，紫金峰在某些典籍的记载中，几乎成了昆嵛山的代称。

紫金峰虽从海拔高度来看不算太高，但因其孤峰独起，显得特别突兀，故元代集贤直学士邓文原在游览了紫金峰后，有"东华之山高崔嵬，翼以岩巇临天池"之句。又因紫金峰的南侧是绵延至海的低矮平冈和坦阔的田畴，视野开阔，俯瞰万象，遂成为历代士子骚客们游览登临的绝佳去处。

据传"紫金峰"一名源自道教著名人物——全真北五祖之一王玄甫。史载王玄甫生有奇表，幼慕真风，得白云上真授不传之秘，隐居昆嵛山中修行。一日早晨，王玄甫行至昆嵛山南麓，忽见北向一峰形似金冠，屹然而立。晨辉之下，峰顶祥云飘冉，紫气上腾。王玄甫惊其异象，遂将其命名为"紫金峰"。

金大定年间，王重阳的大弟子马丹阳自陕西东归返乡，重游旧地昆嵛山，在紫金峰周围的山中发现了众多的道家遗迹。清代逸士崔佐曾对这一发现过程有如下的描述："见长松怪石，清泉巨壑，中有灵境一区，洞天隐隐，地势峨峨，状若偃掌，且宽平矣。又有石坛芝圃，丹灶神炉，犹然存乎其间。"

马丹阳看到这些遗存，知其非常人所为，便寻访道宗，推原仙迹，最终确认这些遗存为道家祖师王玄甫所留。马丹阳遂在峰前结庵修炼，取名"契遇庵"。元武宗加封王玄甫为"东华紫府辅元立极大帝君"，其"东华紫府"一语即暗指王玄甫在东部昆嵛山紫金峰的修炼场所。

其后，紫金峰周围很多道教建筑的命名都延续了这个传统。马钰弟子们建的遇仙派祖庭叫"东华宫"；元大德年间著名道士李道元开凿的修行洞窟名"东华洞"，也叫"紫府洞"；围绕契遇庵有涧水九曲回旋，形成九个天然小水池，亦取名"紫府九阳池"。

除此之外，紫金峰周围还分布着众多的文化遗迹，如玉皇阁、众仙坟、混元殿、龙王庙、朝阳洞、道德经石刻，以及自然景观如寿星脸、卧仙石、迎仙桥、灵源泉等。2010 年在元代旧址上新建的"东华宫"更是金碧辉煌。

如今，虽然那安炉置鼎、炼丹合药的时代已经远去，紫烟氤氲的丹炉也与柴薪一起熄灭，但群峰攒簇、浮青耀碧的紫金峰已成为今日昆嵛山一个重要的文化寻根和赏景旅游的胜地。

4. 麻姑赐衣的故事

昆嵛山最早的名字叫姑余山。根据史籍中的记载，在两千多年前，姑余山的名字就广为人知了。唐末五代，山中便建有麻姑观、麻姑冢、麻姑梳妆阁等被称为"麻姑洞天"的诸多建筑。传说其中的麻姑观是在当年麻姑居昆嵛山修道时的旧址上修建起来的，麻姑梳妆阁则是麻姑升仙前每天梳妆打扮的地方，而麻姑冢是麻姑升仙后，人们为了纪念她所修的衣冠冢。

由于"昆嵛"与"姑余"的发音类似，因此很多人认为昆嵛的名字是由"姑余"一名转音而来。旧时人们谈及昆嵛山时，也常常与麻姑仙女传说连在一起。

清代牟平举人赵子辕曾作《麻姑洞》一诗："海上空来徐市船，天台无路漫云烟。探胸若许收双佩，搔背何辞著一鞭。巫峡有人真入梦，秦楼当日暂游仙。须知不足为金粟，清浅蓬莱又几年。"这说明，有关"沧海桑田""撒米成珠""麻姑搔背"的故事在很久以前就在昆嵛山地区流传了。除了这些在全国各地广为人知的故事外，昆嵛山地区也有自己独具特色的原生传说故事，其中流传最广的是"麻姑赐衣"的故事。

传说当时由于官吏盘剥，山里百姓一年四季赤膊露胸，衣不蔽体，难抵风寒。一位叫王老五的山民为此经常到昆嵛山麻姑观中祈祷，希望麻姑能德泽普施，让贫穷百姓获得保暖御寒的衣服。

某天深夜，王老五刚刚入睡，朦胧中见一仙女翩翩而来，向他说道："欲避风寒，去往南山……"王老五一个激灵醒来坐起，这是怎么回事？南山上尽是柞树，怎能有避寒之衣？于是便又闭上眼睛继续入睡。谁知迷迷糊糊中，仙女又翩然而来，前梦的情景重现。如是者三，这让王老五不禁寻思，莫非麻姑真的显灵，于南山之上施舍衣物给乡邻？

　　想到此，他连忙穿衣下床，五更不到就往山上走去。到了南山上一看，只见一片碧叶覆满山坡，柞叶上千万条毛虫在蠕动啃食，有如秋风吹叶沙沙作响。但他逛遍了山坡也不见一缕布丝，王老五只能满怀失望地返回家。

　　之后的日子里，他经常想起那个奇怪的梦，以及那满坡的蠕动毛虫，特别是那啃食的沙沙声，经常把他从梦中惊醒。就这样百思不得其解地过了几个月后，他决定再去南山上看看。

　　结果这次到山坡上一看，他大吃一惊，柞叶上的那些毛虫不见了，取而代之的是一个个悬挂在枝叶上的白色茧子。他上前取下一些带回村里，召集乡亲们一起观看辨识，并把梦中的事说给大家听。大家把那些白色茧子拿在手里反复摩挲，突然有人从上面抽出几根细长的丝线来。看着这越抽越长的白丝，王老五顿时醒悟："这是丝线，我们把它们织成布，往后就不愁没衣服穿啦！"众人听闻后，连忙跟王老五一起剥茧抽丝，然后织布裁衣。

　　从此之后，昆嵛山的老百姓再无受冻之虞。昆嵛山的柞蚕丝绸也逐渐成为远近闻名的丝织品。人们常常把麻姑仙女的图案织绣在这些丝织品中，以纪念这位造福黎民百姓的女仙。

此外，"麻姑献寿"的剪纸、图画等艺术品也走进了千家万户。在这些作品中，最常见的是麻姑手托盛满鲜嫩寿桃的盘子，身旁的童子肩扛带着仙桃的桃枝，脚踏祥云，飞向瑶池，参加王母娘娘的寿宴。

据当地人说，昆嵛山民间为妇女祝寿时，常会描绘"麻姑献寿"的图画相赠。逢年过节时，人们也喜欢贴"麻姑献寿"的窗花。

经过长时间的文化沉积和传承演化，麻姑女仙在昆嵛山地区已经成为聪明美丽、长寿增福的象征。

5. 唐四仙姑的传说

据光绪本《文登县志》记载，昆嵛山在明代以前，"古木参天，人迹罕到，野兽成群，羽族栖集，鹿呦狼嗥，百鸟争歌。山间紫气红霞，云雾缭绕，四季幽绝。僧客道流，云游栖止"。据此可知，在古代，人迹罕至的昆嵛山曾是很多僧道出家修行的地方。尤为特别的是，在这些出家修行人中，不乏女性人物。她们当中除了名闻大江南北的麻姑女仙外，比较著名的就是金代的昆嵛女仙——唐四仙姑。

根据民国《牟平县志》中有关记载可知，这位唐四仙姑的原名叫唐守明，1130 年—1140 年间出生于牟平城内，是家中的第四女。她自幼不喜荤食，受家庭的熏陶，对出家修行一直心有向往。1156 年—1161 年间，二十岁左右的唐守明因不愿嫁为人妇，来到昆嵛山中，结庐独居修行。

昆嵛山唐四仙姑石洞

独居修行的生活虽然很艰苦，但唐守明并不以为苦，且很快修行有成，赢得了人们的尊重，被称为仙姑。因为她行四，所以人们都尊称她为唐四仙姑。

1165 年，家住栖霞的丘处机闻知昆嵛山唐四仙姑的大名，便从栖霞来到昆嵛山唐四仙姑的住处，向她拜师并请教修行之要。但唐四仙姑并没有接纳他，她对丘处机说："我是一女流，做你的师父必定要生活在一起，如此引起非议，于你于我，反为不美。我观你天赋异禀，一心向道，为不世出之人，将来必成大器。昆嵛山也是仙家的福地，未来必有高人来此修炼传道。你道心坚固，不妨在此修行之余仔细探听，勿错过了投师入道的机缘。"

第二年，唐四仙姑功行圆满，羽化而去。丘处机等人钦佩她德行高洁，安排了她的后事，并将她的棺木暂放在一个山洞里。

第三年春，在昆嵛山修行的丘处机听说牟平城里来了一位名字叫王重阳的高道，便下山来到牟平城，拜入重阳祖师门下。

不久丘处机便跟随重阳祖师来到昆嵛山，于烟霞洞内养心炼气，积功修德，其后逐渐成为全真教的七位创教祖师之一。

大约一百五十年后，为纪念唐四仙姑接引丘处机入道的功德，元代宁海王亦思马因专门下旨褒赠唐四仙姑为"寓真资化顺道真人"，并立石于烟霞山。

其后，山东宣慰同知泰不花等人筹资，将安厝于天然山洞内的唐四仙姑遗骸迁葬于清风岭北侧的石墓中，上筑纪念石龛，并将亦思马因令旨的全文刻于石龛一侧。

清代本地著名文人张崧在游览昆嵛山时写有一首《唐仙姑石庙》诗，纪念这位著名的昆嵛女仙："碧藓重昏白石龛，芳魂不复对烟岚。仙山让与西陵女，林下年年盛野蚕。"

（二）王重阳东来昆嵛兴全真

作为宋金之际的风云人物，王重阳有着不一般的传奇人生。他胸有大志而不得其用，不得不筑"活死人墓"以矢志修真。当他道业大成又踌躇满志时，在关中的传教却屡屡受挫。他出关东迈，迤逦至于东海之滨的登州、莱州和宁海州。胶东半岛三教融通、开放包容的文化氛围令他的传教活动顺风顺水。他收下包括丘处机在内的"全真七子"，并在胶东半岛建立了带有三教合一色彩的"五会"，终于使全真教在山东半岛流布日广、声势日隆。

1. 终南山传教受挫

王重阳立像（陕西省西安市鄠邑区祖庵镇重阳宫元代碑刻拓片，赵卫东供图）

全真教创始人王重阳（1112—1170），陕西咸阳大魏村人，原名王中孚，入道后改名王喆，道号重阳子。王重阳是个美男子，长着飘逸的髯须，文武双全，能言善辩，为人仗义。他家业丰厚，经常帮助救济穷苦的百姓，在当地有很高的威望。

王重阳于金海陵王正隆四年（1159）夏，开始了传道生涯。他在终南山的南时村挖了一个深坑住在里边，称"活死人墓"，并在四方各种了一棵海棠，说："我将来要让四海之地都有一样的教化。"王重阳在终南山传道期间，当地人对他的教义很不认同，还说他得了疯病，称他"王害风"。当时人们口中的"害风"，就是现在的疯子。一个能言善辩、能文能武、在家乡有着崇高威望和很大影响的人，在家乡传道七八年几乎得不到响应，这是为什么呢？

原来，王重阳所传的是道教新教，即后来所谓的"全真教"，新教的主旨是倡导道、释、儒三教合一。王重阳在他所作《孙公问三教》诗中说"儒门释户道相通，三教从来一祖风"，又在《答战公问先释后道》诗中说"释道从来是一家，两般形貌理无差"，在《永学道人》诗中说"心中端正莫生邪，三教搜来做一家"，总之是提倡三教合一的。

可为什么王重阳的家乡陕西终南山一带难以接受三教合一的新教呢？这是因为当地的传统教派思想保守，道徒们不容易接受新生事物。终南山一带为道教楼观派重镇，教义了无革新，且一派独大，不利于新教派的发展。当时，陕西一带的平民百姓也都不愿接受新的思想，当地又缺乏开放、多元的文化传统，故而对三教合一的新教不易接受。尽管王重阳在当地有着很高的威望，又胆气豪壮，言语雄辩，讲话也有煽动力，却是英雄无用武之地，传教的结果令他大失所望。在家乡传教受挫的情况下，王重阳只好将目光瞄向了东方。

王重阳选择到昆嵛山一带传教，传说是受到了神人的指点。神人告诉他应当往东方去，因为东方将有"七朵金莲结子""万朵玉莲芳矣"。而事实上，王重阳是饱学之士，他很了解山东半岛的文化氛围，知道山东半岛不仅是道教文化的源头——方仙道的发祥地，道教文化根基深厚，而且是齐鲁之乡，是儒家文化的大本营，同时佛教也一直盛行，自古以来就是多种文化和谐并存之地。于是在金世宗大定七年（1167）四月，王重阳烧毁了自己在终南山传教的茅草屋，带着一个铁罐，一路化缘东行，来到了昆嵛山下的宁海州牟平县城（今烟台市牟平区），在昆嵛山一带开始了他的传道生涯。正是山东半岛开放性、包容性的文化氛围，吸引王重阳东来昆嵛山传播他的新教。在短短的一两年的时间内，他的新教——全真教在山东半岛日渐兴起，并在登州、莱州、宁海州建立了五个全真道民间组织，即三教七宝会、三教金莲会、三教三光会、三教玉华会、三教平等会，有上万人加入了全真教，为全真教在全国的兴起奠定了坚实的基础。

2. 东来昆嵛收马钰

山东半岛人杰地灵，早在战国时期就活跃着一批神仙方士，蓬莱、方丈、瀛洲三神山的传说使齐文化笼罩上了一层神秘的色彩。唐代以来，这一地区更是文化昌明，儒释道三教并行不悖，多元、包容、开放的思想观念深入人心，道教活动始终在山东半岛兴盛不衰。王重阳来此寻找创立新道派的契机，可谓独具只眼。

金世宗大定七年（1167），王重阳初来山东半岛昆嵛山一带，就听说有一个叫作马从义的人富而好礼，以仗义济困闻名乡里。马从义，字宜甫，据说是汉代伏波将军马援之后，为当地富户，人称"马半州"。他是家中第二子，长大后娶妻孙氏（即孙不二），成家后仍然以孝悌仁义见称，好周济乡人，绝非为富不仁之辈。马从义很有才气，只是无意于科举功名。因为他人品好，行政能力又出众，于是被推举在宁海州衙门任职，在地方上有很高的威望。

对于马从义这样的人，王重阳很想将他收为弟子。相传大定七年（1167）七月十五中元节后，王重阳来到了宁海州城范明叔家的怡老亭，正好遇到马从义跟朋友在此聚谈。马从义请王重阳吃西瓜，却见王重阳接过西瓜，连叶带蒂一并吃了下去。马从义甚感好奇，问他为何如此。王重阳从容答道："甘从苦中来。"马从义又问："先生从何处来？"重阳答："终南山。不远三千里，特来扶醉人。"马从义之前曾经赋诗一首，诗中有"终日衔杯畅神思，醉中却有那人扶"一句，称自己为"醉人"，希望能有人点拨自己。马从义听到王重阳说"特来扶醉人"，心下暗暗称奇，于是邀请王重阳到自己家中居住，以便进一步求教请益。

王重阳来到马从义家后，马从义向王重阳出示了自己作的十六首《罗汉颂》。王重阳看完后，竟然随口依韵和出了十六首诗，令马从义更为叹服。妻子孙不二透过帘子看到王重阳之后，跟马从义说："我看王公面如芙蓉红，目似琉璃碧，声若巨钟，语如泉涌，你可要倾心礼敬他呀！"听夫人也认可了，马从义对王重阳更是毕恭毕敬，待以师礼。王重阳入住马家后，马从义为王重阳建造了一座庐庵。庐庵建好后，王重阳为其定名"全真庵"，史书上认为这就是"全真教"以"全真"名教的由来。

然而，这种礼敬是出于一种对同道之人的尊重，与正式的皈依尚有不同。为了让马从义真正皈依全真教，王重阳可谓煞费苦心。他先是诗文劝化，创作了大量咏叹人生短暂、世事无常的诗文点化马从义，还把诗文贴在自己背上沿街乞讨以警醒他。然而，由于妻子孙不二的反对，马从义放不下家庭，仍无法随重阳出家修道。王重阳于是又在当年的十月将自己锁在庵堂一百天，期间每天只吃一顿饭。时值寒冬，他却只穿一件布衣、一双草鞋，庵堂内只有一袭凉席、一张茶几、一支毛笔和一个砚台。尽管如此，王重阳仍然每天精神十分健旺，就像徜徉在阳光和煦的春天一般。马从义问王重阳是否寒冷，重阳以诗回答说："莫问王风冷，王风自不寒。百朝欻地过，出路你咱看。"同时，王重阳还向马氏夫妇索取梨子、芋头、栗子等物，按一定的时间分送二人，并每次都将自己创作的暗藏玄机的诗文一并送出，希望马从义夫妇割舍爱欲，出家修道。经过王重阳多方教化，马从义终于下定了出家修道的决心。

大定八年（1168）正月十一日，王重阳从庵堂出来，正式收马从义为弟子，为其取道名"钰"，字"玄宝"，号"丹阳子"。此后，马钰将家产交托给三个儿子，并与孙氏正式离婚。马从义加入全真教后，彻底抛弃了富裕的家庭生活，告别妻儿，义无反顾地跟着王重阳入昆嵛山烟霞洞闭关苦修。为了除去马钰富家大户养尊处优的虚荣心和"优越感"，王重阳命其在宁海州沿街乞讨，"服不衣绢，手不拈钱，夜则露宿"，磨炼他的意志。正是经历了如此这般的身心磨炼，马钰在以后的传道活动中心志逐渐坚毅如铁石，不为外物所动。正是依靠这种钢铁般的意志、清廉的德操和坚忍不拔的毅力，在王重阳去世后，马钰成为全真道的掌教，位列全真七子之首。

声望和社会地位都首屈一指的马从义加入全真教，不仅影响到其他富户群体对王重阳及全真教的崇拜，也无形中在广大百姓中做了最有力的宣传，对全真教在山东半岛的兴起有重要意义。

3. 丘处机拜师入全真

众所周知，王重阳在山东半岛相继收了著名的"全真七子"为徒。这其中，丘处机后来成为最为著名的弟子。《元史》"列传"部分有《丘处机传》一篇，对他的生平事迹做了介绍。

丘处机俗名丘哥，于金皇统八年（1148）正月十九日诞生于山东登州栖霞县滨都里（今山东省栖霞市）的一户普通人家。丘哥自幼聪敏，相貌不凡，眉宇之间气度儒雅。然而，丘哥所处的年代正是宋金交兵、兵燹四起、民不聊生之际，山东又是当时宋金交战的主要区域之一，人民生活在水深火热之中。在这样的环境中，年轻的丘哥似乎勘破了世事之虚幻，在十九岁时毅然离家，来到了昆嵛山访仙修道。昆嵛山久有"海上仙山之祖"的美誉，古有王玄甫、麻姑等仙人在此修道，当时则有远近闻名的唐四仙姑在山上静修。丘哥到昆嵛山后，先至唐四仙姑处请教修道问题，而后待王重阳来到昆嵛山附近的宁海州后，便遵唐四仙姑之命拜见王重阳。

因为马钰是全真七子之首，人们一般认为马钰是王重

丘处机画像

阳的大弟子。但事实上，丘哥才是全真七子中最早皈依王重阳的人。金大定七年（1167）九月，丘处机就从昆嵛山下来，专程到王重阳所在的全真庵拜师。王重阳一见到丘哥，就知道他不是一般人，于是跟他交谈了整整一个晚上，感觉很是投机。王重阳因此特为他赋《金鳞颂》一首，来表达自己的喜悦之情和器重之意："细密金鳞戏碧流，能寻香饵会吞钩。被予缓缓收纶线，拽入蓬莱永自由。"丘哥正式拜王重阳为师时年方二十岁，王重阳为他起道名"处机"，字"通密"，号"长春子"。丘处机在"全真七子"中是年龄最小的，也是寿命最长的。

王重阳对丘处机期望很高，因此对他加以特殊的栽培。祖师先是让他帮助自己整理文翰，又通过特别的手段考察丘处机的求道信念是否坚定。在名望日隆、拜师之人越来越多的时候，王重阳通过对弟子的打骂来考验他们，结果其他人都离开了，就剩下马钰、谭处端和丘处机三人。另外，鉴于丘处机"功行"较浅，王重阳并没有像对马钰那样给予许多修道方面的指点，而是每天让丘处机干繁重的杂活，磨炼他的心性。丘处机很是郁闷，有一次在师父和马钰谈论"谷神不死"的修炼方法时，丘处机蹑手蹑脚地过去偷听，因听得入神，不知不觉推门进去了。王重阳见他进门，立刻闭口不言，跟马钰的讨论就此终止。后来，丘处机在空闲时尝试按照偷听来的方法去修炼，结果却一无所得。

金大定九年（1169），王重阳率马钰、谭处端、刘处玄和丘处机四人返回陕西刘蒋村，一路上加紧了对他们的磨炼。当时正值寒冬腊月，天气特别寒冷，王重阳命马钰、谭处端待在炭火熊熊的屋内，而让丘处机、刘处玄站在屋外凛冽的寒风中。刘处玄不堪寒冷离开了，而丘处机却始终坚持待在寒风之中。次年（1170）正月初四日，王重阳自觉大限已到，于是让马钰、谭处端、丘处机三人站在床前，对他们说："马钰已经得道了，谭处端已经明道，我没什么好担心的。刘处玄、丘处机还远得很，处机听马钰教导，处玄由长真教诲。"又单独对丘处机说："处机啊，你之前曾心里犯嘀咕，为什么我教你的尽是跟修炼无关的杂事？事实上，大道就在那些看似与修炼无关的尘劳杂事之中啊。"全真道的这种"不干事处便是道"的修行方法，成为丘处机和后世全真高道心性修炼的基本方法。

大定十二年（1172），丘处机与马钰、谭处端、刘处玄将王重阳的灵柩护送回陕西刘蒋村安葬，并为师父守孝三年。守丧期满，四人各自寻找不同的地方修道去了。丘处机告别三位师兄后，入陕西磻溪隐居修道。

磻溪是渭水支流，在今陕西宝鸡市，传说是姜子牙垂钓的地方。此地景色秀丽，环境幽静，不仅是打坐修炼的好去处，而且也是修身养性的洞天佳境。丘处机在河边的山上开凿了一个洞穴，这里古树参天，草木茂盛，只有飞鸟时常啁啾往来。三冬腊月，大雪纷飞，寒风怒号，丘处机穿着一件破旧的衲衣，饿了就到集市上乞讨食物，然后回来独自在洞中继续打坐静修。在陕西磻溪修炼的六年中，他每天逐村逐户沿街乞讨，每次只乞讨一顿饭，出行就穿着蓑衣，人们都称呼他为"蓑衣先生"。他采用了"搬石块"和"系草鞋"两种颇具特色的修行方法来战睡魔。"搬石块"是在困倦之时，将一块块石头搬下山，然后再一块块搬上去，由此来让心安定下来。"系草鞋"是在自己即将陷入昏睡的时候，把草鞋拆解开来，然后再编系起来，有时候每天晚上做十七八遍，最后修炼到心如水晶般明澈。

因丘处机小时候读书不多，在磻溪期间他常向县里的秀才们借书来读，同时也跟他们通过诗文应酬往来，如《虢县银张五秀才处借书》言："顾我微才弘道晚，知君博学贯心灵。嘲吟不用多披览，续借闲书混杳冥。"由于丘处机学识日渐广博，道行日臻高妙，许多道友信众、文人雅士、达官贵人纷纷前来拜访。渐渐地，丘处机有些不胜其扰。

考虑到过多的应酬可能对修行颇有障碍，于是丘处机在大定二十年（1180）去了更加偏僻的陇山龙门洞继续更高境界的修炼。陇山在今天的陕西省西北部，位于陕西、甘肃两省交界处。此地十分偏僻，是绝佳的修道场所。就是在这个人迹罕至的地方，丘处机又经历了七年的修炼，至大定二十六年（1186）冬，终于道业大成。不懈的努力和特殊的机缘让丘处机青史留名，成为全真教发展史上声名最著的人物。

4. 建三州五会全真兴

王重阳到昆嵛山一带后，在很短的时间里就收得马钰、丘处机、谭处端、王处一、郝大通、孙不二、刘处玄七位骨干弟子，他们就是历史上大名鼎鼎的"全真七子"。除此之外，王重阳还通过在登州、莱州和宁海州建立组织，为全真教的发展创造条件，通过定制度、创理论为后世全真教思想的发展指明了方向。

大定八年（1168），王重阳带领马钰、丘处机、谭处端、刘处玄四大弟子离开昆嵛山烟霞洞，迁居文登姜实庵，在此创建了全真教的第一个教团组织——三教七宝会。王重阳之所以首选文登县，是因为文登县当时属宁海州管辖，而宁海州的马钰等人已皈依全真道。

全真七子立像（陕西省西安市鄠邑区祖庵镇重阳宫元代碑刻拓片，赵卫东供图）

大定九年（1169）四月，宁海州富户周伯通恭请王重阳主持金莲堂。八月，王重阳在宁海城金莲堂建立了三教金莲会。据传王重阳创建金莲会时，有人抱怨说金莲堂中那眼井的井水又苦又咸。王重阳小施法术，再令众人取水来尝，竟然发现井水甘甜无比，清爽宜人。此事传开，乡人无不称奇，好多人纷纷主动要求加入三教金莲会。

王重阳又在登州福山县创立了三教三光会，随后，在登州府所在地蓬莱县城建立了三教玉华会。十月，王重阳在莱州府治所掖县（今莱州市）建立了三教平等会。至此，全真教在登州、莱州、宁海州总共建立了五个民间组织，分别是三教七宝会、三教金莲会、三教三光会、三教玉华会和三教平等会，即"三州五会"。当时参加"三州五会"的道众据说达上万人，称"普化三州，同归五会"。

在这么短的时间里，登州、莱州、宁海州三地之所以有那么多人加入全真教，与全真后学演绎的王重阳的神奇事迹脱不开关系，比如前面提到的王重阳将又苦又咸的井水变得甘甜无比的故事。然而从根本上来说，全真教之所以能在胶东三州兴起，主要原因是王重阳创立的全真教在山东半岛找到了适合它生存、成长的肥沃土壤。三教七宝会、三教金莲会、三教三光会等"五会"都以"三教"冠名，在体现全真教"儒门释户道相通，三教从来一祖风"的儒、释、道三教合一的立教宗旨之外，更与山东半岛多元文化和谐并存的文化氛围密切相关。这样一来，就可以吸引更多的民众加入全真教行列里来。王重阳提出加入全真教要做到"修仁蕴德，济贫拔苦，先人后己，与物无私"，这一口号汲取了儒、释、道三教的精华，迎合了山东半岛广大民众的心理诉求，因而也得到了他们的积极响应。

（三）丘处机劝善止杀

历经二十年的苦节修行，丘处机终于道业大成。随着其声威日生日长，南宋、金和蒙古三方竞相遣使赍诏书前来敦请。丘处机审时度势，决定以七十余岁之高龄远赴阿富汗大雪山面见一代天骄成吉思汗。丘处机用中国文化中的敬天爱民思想劝说成吉思汗不嗜杀人，深深打动了成吉思汗。成吉思汗赐予丘处机虎符和管理天下出家人的巨大权力。丘处机利用这一有利条件，带领一众弟子四处立观度人，解万民于倒悬，保全文化命脉于将倾，为中华民族做出了巨大的贡献。

1. 名扬天下，三帝相邀

贞祐四年（1216），金宣宗命东平监军王廷玉邀请丘处机赴京师，丘处机未予理会。宋嘉定十二年（1219）八月，宋宁宗命令大帅彭义斌请丘处机到临安，也被丘处机婉言谢绝。五个月后，元太祖成吉思汗从奈蛮国派遣近臣刘仲禄请丘处机前来，丘处机却慨然允诺，决定克期前往。

那么，何以金、宋、蒙古三方势力都来邀请这位年逾古稀的老人丘处机呢？而丘处机又为什么不赴金、宋之召，而偏偏要不远万里，不辞万苦千辛，去会见成吉思汗呢？

丘处机拜师王重阳入道之后，经过近二十年的苦修，终于道业大成。随之而来的是声望日隆，社会影响力不断扩大——这种影响力既体现在庙堂之上，也体现在广大民众之中。丘处机与有"小尧舜"之称的金世宗有过多次会面，金世宗颇为欣赏丘处机和他宣扬的全真教。在与金世宗会面之时，丘处机向金世宗剖析天人之理，说明全真宗旨，很得金世宗欣赏；丘处机还向金世宗献上了阐发全真思想的词作《瑶台第一层》，金世宗很是高兴；金大定二十九年（1189）世宗去世时，丘处机非常悲伤，"遂浩然有西归之志"。

1203年刘处玄逝世后，丘处机成为全真教第五任掌教。丘处机掌教时间长达二十四年，其间他在政治和社会上的影响力达到了巅峰。1214年，山东发生杨安儿起义，金朝驸马都尉仆散朝恩请丘处机协助招抚胶东的乱民。丘处机知道金廷已是日薄西山，但为挽救无辜的胶东生灵，避免百姓再遭兵燹，于是慨然允诺。据说他不用一兵一卒，仅以其名号感召劝说，就让杨安儿残部放下武器，一场战乱消弭于无形。此事对金、宋、蒙古三方震动很大——于是乎他们争相拉拢这位古稀老人。

那么，丘处机为什么独独应成吉思汗之召，奔赴万里之外的大雪山呢？对于这一疑问，用丘处机自己的话说，他是要按照天理的安排去做，是"欲罢干戈致太平"。因为当时天下动荡纷乱，人民生活在水深火热之中，所谓"十年兵火万民愁，千万中无一二留"，就是对当时残酷社会现实的真实写照。那么，谁能使天下罢干戈、致太平呢？丘处机以其敏锐的洞察力和战略眼光，认为在金、宋和蒙古三个政权中，只有蒙古才有希望完成统一天下的重任。

事实上，此时正值金宣宗在位期间（1213—1224），金廷已经内外交困。对这样一个国内到处战乱四起，随时都可能被吞噬的政权，丘处机怎会抱有希望呢？但彼时的南宋政权更是强弩之末，甚至在接近衰亡的金国面前，仍然是节节败退。对于这样一个自顾不暇的即将消亡的政权，丘处机怎么会去依靠它平息战乱呢？丘处机长期生活在金统治的北方地区，与南宋朝廷本来就没什么接触。所以宋宁宗派使者召唤，丘处机当然不会去了。这时的丘处机已经预见到，成吉思汗的蒙古政权——也只有这一政权——才能实现自己平息战乱、安定天下的志愿。在成吉思汗邀请之前，丘处机就说过一段颇有预言色彩的话："我去哪里，止步哪里，是天命决定的，不是你们所能了解的。如果到了我不该停留的时候，那就是我要出发的时候了。"

2. 丘处机劝善止杀

由于丘处机在民间的崇高威望，加上全真教在各地的迅猛发展，宋、金、蒙古三方统治者都对这位活跃在山东海滨的道士十分关注，相继派使者邀请。丘处机拒绝了宋、金，而选择面见蒙古的成吉思汗，是因他预见到只有蒙古能统一天下。为拯救铁蹄下的百姓免遭更大的屠戮，他毅然决然地选择了西行面见铁木真。

1219 年，铁木真派遣近臣刘仲禄持虎头金牌出发，带着诏书到山东滨海邀请丘处机。因当时蒙古与南宋有联合灭金之盟，山东正处于南宋的统治之下，是以刘仲禄一行在当年的十二月就顺利抵达了莱州昊天观。他向丘处机宣读了成吉思汗的诏书，邀请他到汗庭为其讲解长生之方和治国之道。

次年一月，已经七十三岁的丘处机从徒众中挑选了赵道坚、尹志平、李志常等十八位弟子，开始了流芳千古的"西游"传奇。

西行途中，路经燕京（今北京）时，丘处机曾赋诗《复寄燕京道友》："十年兵火万民愁，千万中无一二留。去岁幸逢慈诏下，今春须合冒寒游。不辞岭北三千里，仍念山东二百州。穷急漏诛残喘在，早教身命得消忧。"表达了自己不顾年老体弱，觐见成吉思汗的因由，其欲拯救万民于水火的赤子之心跃然纸上。

丘处机一行于1219年腊月从莱州昊天观启程，一路上艰苦备尝，途经数十个国家，行程万里之遥，足迹遍及今蒙古、吉尔吉斯斯坦、哈萨克斯坦、乌兹别克斯坦、阿富汗等国。他的十八位随行弟子中有一位叫赵道坚（道号"虚静子"）的，途中病逝于赛兰城，后来被全真教龙门派律宗追认为第一代祖师。

蒙古太祖十七年（1222）四月五日，丘处机一行到达了成吉思汗在大雪山（今兴都库什山）的"八鲁湾"行宫。在觐见成吉思汗之前，丘处机首先提出道士见王者不跪拜，成吉思汗同意了。成吉思汗见到丘处机，十分高兴地说："您不远万里来到这里，朕真是太高兴了！"又问："真人远来，可带来什么长生之药给朕？"丘处机诚恳坦率地回答说："只有养生之道，没有长生之药。"成吉思汗先是一愣，似乎有些失望。不过他

成吉思汗会见丘处机（赵卫东供图）

很快就明白丘处机是一位诚恳朴实的道人，于是更加敬重丘处机，让他住在自己大帐东边的帐篷里，以便随时请教问道。

丘处机与成吉思汗正式"论道"共有三次。在这三次论道过程中，丘处机力劝成吉思汗清心寡欲、止杀敬天。他告诉铁木真：想要统一天下，一定不能嗜杀，要体察上天好生之德，爱护百姓，要节制嗜欲，颐养身心。成吉思汗听后说："神仙所言，正合朕心。"丘处机又向成吉思汗谈起中原文化之宝贵："四海之外，普天之下，所有国土，不啻亿兆，奇珍异宝，比比出之。皆不如中原天垂经教，治国治身之术，为之大备。"他说天下的土地很多，奇珍异宝也到处都有，但中原的经书教化和治理国家、养护身体的方法却是最好的。丘处机的几次论道，成吉思汗都命官员在旁记录下来，并召集太子、诸王、大臣，对他们说："上天派遣神仙来给我讲解这些道理，你们也一定要记在心上啊。"有一次，天空雷震不止，成吉思汗问丘处机这是什么原因，丘处机回答说是蒙古人"不孝"的习俗造成的，劝诫蒙古人应当孝顺父母、尊敬长者，认为雷震是在向蒙古人示警。还有一次，成吉思汗在打猎的时候不慎摔下马来，差一点受伤。丘处机趁机劝诫说："天道好生恶杀，现在陛下您年龄大了，应当减少出猎。您刚才从马上掉下来，实在是上天对您的警诫啊。"说来也怪，一向刚强执拗的成吉思汗，对于丘处机的劝告却都能当面接受。

在那样一个对蒙古大军谈虎色变的年代，丘处机不顾年老体衰，甚至冒着杀头的危险与成吉思汗雪山论道，劝他多行善举，减少杀戮，是难能可贵的，因而广受后世赞誉。清乾隆皇帝曾为北京白云观丘祖殿题写对联称扬丘处机："万古长生，不用餐霞求秘诀；一言止杀，始知济世有奇功。"

3. 持金虎符拯救难民

丘处机以七十三岁高龄远迈流沙，西行万里面见成吉思汗，书写了一段万古流芳的传奇佳话。而他最重要的成就，就是用中华传统文化中的诸多理念劝告成吉思汗和他的蒙古军队不要滥杀无辜，从而拯救了大批百姓的性命。在蒙古军控制的邪米思干城（今阿富汗境内），他将从蒙古贵族那里得到的粮食全部用于救济饥民，有时候也通过施粥的方式拯救更多的百姓。

与成吉思汗辞别时，成吉思汗打算赠送大批金银财宝给丘处机，丘处机婉言谢绝了。于是在丘处机东归途中，成吉思汗派遣阿里鲜等人护送，并连下圣旨问候，规定道院及全真教徒的差役赋税一概免除，这为全真教的发展大开方便之门。

丘处机于1224年来到燕京，入住天长观。他进城的时候，来自四面八方的男女老幼都手持香花来迎接他，引领他进入燕京，街道两旁来瞻礼的人更是数不胜数。此后丘处机一直在此住持。蒙古太祖二十二年（1227）五月，成吉思汗下诏改"天长观"为"长春宫"，赐予丘处机金虎符，让他管理天下所有出家人。丘处机利用这一特权，在黄河流域大建全真教宫观。从燕、齐至于秦、晋，全真宫观星罗棋布。以这些宫观为据点，他安抚了大批流民，使之加入全真教，从而免除他们承担的苛捐杂税。此举在当时影响巨大，以致各阶层人士纷纷投在全真教门下，文人、官吏也以与全真教道士交往为荣，道教其他派别甚至连佛教寺庙也挂出了"全真"的旗号。成吉思汗在赐给丘处机金虎符的圣旨中规定"丘真人所到之处，如皇帝亲临"，因此，丘处机利用金虎符拯救了很多流离失所的读书人和穷苦百姓。好多文人无法维持生活，就皈依全真教寻求庇护，保全生命。

丘处机的一言止杀，在一定程度上减轻了蒙古统治者对所征服地区人民的杀戮。他曾劝告成吉思汗，养生之道重在"内固精神，外修阴德"。"内固精神"就是不要四处征伐，"外修阴德"就是要去暴止杀。丘处机劝成吉思汗必须禁止残暴杀戮，才能使统一大业最终达成。成吉思汗后期统治中原的政策有所变化，在山东为官的木华黎及其继任者对各地反抗大都采用招抚措施，固然是由多种因素推动的，但与丘处机与成吉思汗的雪山论道也不无关系。此后，丘处机仍然不断劝告蒙元将帅，减少对人民的屠杀。凡是前来拜访他的将帅，他都多方劝诫。甚至很多平民百姓在危难之际提到丘处机的名号，就能够从蒙古人的刀兵中解脱出来。后人评价他"救生灵于鼎镬之中，夺性命于刀锯之下"，可谓允当之极。

4. 立观度人，全真大盛

丘处机万里西行，一路上救民之举在在皆是。他的善举，为他赢得了尊敬和爱戴，纵然是为非作歹的强盗也对他肃然起敬。丘处机一行西出居庸关时，夜间遭到了一群盗贼的包围，一场洗劫势不可免。就在这千钧一发之际，强盗不知从哪儿得到消息，说被围的人群中有来自山东的神仙丘处机。戏剧性的一幕出现了——盗贼们竟不假思索地向丘处机一行人行稽颡之礼，然后就默默地离开了。

在告别成吉思汗回归中原的途中，丘处机告诉随行的诸位弟子："战乱之后，人民水深火热，没有房子住、没有饭吃的人比比皆是。我们要建立宫观，普度众生，机不可失！这也是我们当下修行的重点，你们一定要谨记在心啊！"回到燕京后，丘处机创建了平等会、长春会、灵宝会、长生会、明真会、平安会、消灾会、万莲会八个全真教信众组织，使全真教的信众规模迅速扩大，皈依全真教的人多不胜数。

遵照丘处机的教导，弟子们在返回中原后迅速分散到各地立观度人。跟随丘处机西行的弟子当中，李志柔在大名创建奉天观、栖真观，他的门徒则在四面八方建立了两百多个道观。宋德方在莱州的神山开凿了九阳洞，他和弟子一共建立了四十多个道观。赵志渊在大名、磁州、相州之间收徒数百人，创立道观十多所。

就山东而言，昆嵛山是全真教创教初期的根据地和传教中心，也是全真教向登州、莱州、宁海州三州扩展的根据地。在全真教的众多宫观之中，刘处玄在家乡莱州武官庄建的灵虚观（原名"武官观"），王处一在老家牟平县东南百里的圣水岩重修的玉虚观，以及丘处机在家乡栖霞滨都里所建的太虚观（原名"滨都观"）三足鼎立，构成了金元时期胶东全真教的活动中心。

当时中国黄河南北都遭到了战争的巨大破坏，广大穷苦百姓没有房子住，没有东西吃，而且动不动就会被掳掠乃至屠戮。丘处机利用成吉思汗的信任和给予的特权，派弟子们带着自己的文书四处解救中原百姓，从而让很多沦为奴隶的百姓重新成为良民，让刀兵之下的人得以存活，如是者不下两三万人。对他的义举，中州人民至今还称道不已。

正是在丘处机和他一干高徒三十多年的辛苦经营下，全真教的宫观、弟子遍布河北、河南、山东、山西、陕西、甘肃等广大地区，全真教空前兴盛。全真教势力所及，东到大海，南至汉江淮河，西北到沙漠，只要是有人聚居的地方，就有全真教的踪迹。

1227年农历七月初九日，丘处机在燕京长春宫留颂而逝，享年八十岁。丘处机去世后，四方信众如丧考妣，到长春宫披麻戴孝的达上万人。第二年二月，新任全真掌教尹志平在长春宫东侧建殿堂安葬丘处机遗蜕，远近道众有钱的出钱，有力的出力，仅四个月大殿就落成了。丘处机仙逝一周年之际，时任宣抚使王巨川亲自主持丘处机遗骸的安葬典礼，并题写观额为"白云"。这就是今天中国道教协会所在地白云观名称的由来。

六

蓬莱仙话　海洋传奇

波涛浩渺的大海与海市蜃楼的奇异景象，赋予了山东沿海先民丰富的想象力与浪漫情怀。以大海为背景，这里孕育产生了众多广为流传的神话故事，如行云布雨神通广大的东海龙王、威震四海为民除恶的秃尾巴老李、各显神通的八仙过海等。沿海先民结合海洋生活，还创作了大量的世俗故事，表现除恶扬善的豪杰之士、勇于反抗的起义领袖、情深似海的忠贞爱情等。这些故事所蕴含的人间正义、人世哲理与人性温情，能够给人以正向启示和激励。

（一）蓬莱仙话

"忽闻海上有仙山，山在虚无缥缈间。"如果没有黄渤海孕育出的神仙传说及海洋迷思，中华文化就会少一份浪漫，减几分绚丽。根据人类学、民俗学的观察，神话传说从来不是虚构的幻境，而是埋藏着一个民族久远的历史记忆。黄渤海地区的神仙、神灵传说，反映出先民开拓海洋的早期经历，折射出人与海之间的奇妙故事。

1. 巨鳌背负五仙山

以蓬莱为代表的三神山是怎么来的呢？若追根溯源，我们就不得不提五仙山了。据《列子·汤问》记载，殷汤与他的大臣夏革曾就宇宙生成的话题进行了一番讨论，其中提到了五仙山。

据说，在渤海以东不知几亿万里的地方，有一"大壑"，即大海的深沟，是一个无底的深谷，叫作"归墟"。四面八方的水流，包括天上银河的巨流，都灌注于此，但它的水位却不增不减。归墟中有五座大山，分别叫岱舆、员峤、方壶（方丈）、瀛洲、蓬莱。每座山大约有多大呢？上下周围有三万里，山顶上的平地有九千里。每座山之间相隔着七万里，彼此相邻，各自矗立。

五座大山上都是奇异的仙境。山上的楼台亭观金玉筑造，飞鸟走兽全是纯色的白毛。珠玉之树遍地丛生，奇花异果皆有滋味，人吃了可以不老不死。山上居住的都是仙圣一类的人，每天早上和晚上飞来飞去，相互交往。但是五座仙山并不是固定的，因为它们的根不与海底相连，所以经常随着潮水波涛上下颠簸漂流，不得片刻静止。于是，仙圣们感觉很苦恼，向天帝诉说。天帝呢，也唯恐这五座仙山流向西极，打破宇宙平衡，使仙圣们失去居住之所，就命令海神禺疆派十五只"巨鳌"，也就是巨大的海龟，抬起头来，把五座大山顶在上面。大海龟们都有任务分工：分三批轮班，六万年轮换一次。如此一来，五座大山有了依靠，才开始耸立不动。

今天的蓬莱阁（黄修志摄）

　　但是，意外发生了。"龙伯之国"有个巨人，抬起脚不用几步就来到五座仙山前，投下钓钩，一钓就钓上来六只大海龟，一并背在肩上，快步走回自己的国家，灼烧它们的甲骨来占卜凶吉。于是，岱舆、员峤这两座仙山便漂流到北极，沉没在大海里。为此，无数的仙圣们不得不流离播迁。天帝听说后，大为震怒，便逐渐减削"龙伯之国"的版图，使之越来越狭窄，也逐渐缩短龙伯国民的身材，使之越来越矮小。但到了伏羲、神农的时代，那个国家的人还有数十丈高。

就这样，五座仙山只剩下三座仙山，即三神山。这也可以解释为什么仙山会缥缈不定、踪迹难寻——背负它们的巨鳌会在海中巡游。

在华夏神话里，乌龟是一个很重要的神兽，力大无穷，长寿无比，且多与天地创生有关，比如女娲炼石补天，也是"断鳌足以立四极"。其实，乌龟背负大地，不仅是华夏的传说，在欧亚很多民族神话里也有类似的记载。就连霍金在《时间简史》开篇中也提到，当罗素做完关于地球如何绕太阳公转及太阳如何在更大的星系中公转的天文学演讲后，一位老妇人站起来说："你讲的是一派胡言，实际上，世界是驮在一只巨大乌龟背上的平板。"

2. 伯牙学琴

历代典籍中关于伯牙的记载颇多，最早见于战国时期列御寇所著《列子·汤问》篇："伯牙善鼓琴，钟子期善听。伯牙鼓琴，志在高山。钟子期曰：'善哉，峨峨兮若泰山！'志在流水，钟子期曰：'善哉，洋洋兮若江河！'""伯牙游于泰山之阴，卒逢暴雨，止于岩下，心悲，乃援琴而鼓之。初为霖雨之操，更造崩山之音。"高度赞扬了伯牙出神入化的琴艺。《荀子·劝学》篇也记载道："伯牙鼓琴而六马仰秣。"意思是说，每当伯牙操琴的时候，美妙的音乐引得正在吃草的马儿也仰起头来聆听，可见乐声美妙至极。

据载，伯牙学琴于成连先生，三年不成。伯牙常常感到苦恼，因在艺术上还达不到更高的境界："至于精神寂寞，情志专一，尚未能也。"于是，成连对伯牙说："吾师子春在海中，能移人情。"接着，二人乘船前往东海之滨，想向子春请教"移情之法"。到达蓬莱山之后，成连先生划船而去，旬时不返。

波涛浩渺，沧海茫茫，蓬莱山远离尘嚣，恍若人间仙境。伯牙抬头远眺，眼前是浩瀚汹涌的大海、自由高翔的海鸥；回首遥望，身后是高耸入云的山峦、葱葱郁郁的丛林；侧耳倾听，有惊涛骇浪的雄浑，有松涛阵阵的深沉，有群鸟啁啾的欢愉，有潺潺溪水的奔腾，还有瀑布倾泻的磅礴……大自然壮美神奇的景象、奇特不一的声响，就像是一首首或优美或壮丽的乐曲，使他的内心感觉到了从未有过的寂静和满足。他不觉心旷神怡，浮想联翩。伯牙触景生情，有感而发，把所思所想投注到指尖，让满腔激情流泻于琴弦。昼夜更替，他的琴艺日复一日地长进，逐渐达到人琴合一的境界。乐声悠扬，时而气势恢宏，时而低沉婉转，犹如高山流水一般，草木为之动容，群鸟为之鸣啭。伯牙豁然开朗，怆然叹曰："先生将移我情！"原来这就是"移情之法"。不久之后，成连先生摇船而返，听罢演奏，大为激赞。经过这番磨炼，"伯牙遂为天下妙手"，成为第一流的操琴高手。

艺术源于生活，归于本真。在蓬莱岛上，伯牙神志专一，心灵纯净，整日与海浪为伴，与飞鸟为伍，涛声鸟语便是最好的老师。伯牙领略过蓬莱的钟灵毓秀，从而悟出了音乐的真谛，创作出不朽的名作。只有源于自然的声音，才会更加悦耳动听；只有走进真实的生活，才能真正体会艺术的本质。几千年前的伯牙如此，如今的艺术创作者也必将从蓬莱的无限好风光中，得到无穷无尽的滋养。

3. 安期生卖药

自战国后期开始，帝王们纷纷踏上访仙之途，希望抵达蓬莱仙境。李白有诗云："终留赤玉舄，东上蓬莱路。秦帝如我求，苍苍但烟雾。"所引典故的主人公正是秦汉传说中的一位名叫安期生的仙人。为何秦始皇和汉武帝要千方百计地寻找安期生？只因他掌握着蓬莱的长生奥秘。

关于安期生的传说，《史记》《列仙传》《历代神仙通鉴》等书中均有记载，称其为琅琊阜乡人，卖药于东海边，人称"千岁翁"。安期生曾在卖药之地挖了一口井，品尝时清凉甜润，顿觉精力充沛，用以合药，愈见神效。他经常背着一只葫芦，到山麓的村庄游走行医，有时还乘桴浮海去别处卖药施救。

据安姓族谱中记录，安期生驾舟东海时遭遇风浪，船身倾覆，陷入昏迷。醒来见一仙女，才知得到神龟相救，到达蓬莱仙山。不久秦始皇巡游全国，得知了安期生的仙山经历，且仙山多产长生不死药，便召见安期生长谈了三天三夜，并赐予他黄金和玉璧，只为求得神药。安期生走出阜乡亭，宝贝留在亭内分毫未动，留下一封信与一双赤玉鞋作答，信上写道，千年以后到蓬莱山相寻。秦始皇就派使者徐福、卢生等几百人乘船下海，彼时雾气弥漫，风雨大作，他们未至蓬莱山便被迫折返。后来人们在阜乡亭和海边建了数十处祠堂，以表纪念。

后来，汉武帝崇信鬼神学说，广招天下方士去寻觅安期生的下落。各路方士都向汉武帝谎称自己见过安期生，《史记·孝武本纪》就记载了一位名为李少君的方士，他对武帝说："臣尝游海上，见安期生，食巨枣，大如瓜。安期生，仙者，通蓬莱中，合则见人，不合则隐。"民间传说，安期生的巨枣能让死者复活、病者康复，有人得到了大枣后，用三天煮熟，香气飘散到十里之外，吃罢竟白日里成仙。

这些传说充满了扑朔迷离的奇幻色彩，却描摹出一个高蹈避世、随遇而安的仙人形象。据说安期生在拒绝秦始皇之后，为了避祸便隐居桃花岛，继续采药济民，修道炼丹，间或饮酒，吟诗作画。如今，站在蓬莱海边眺望，仿佛还能看到那明灭不定的仙人踪影游荡在苍茫的蓬莱海上。

4. 八仙过海

关于海上三神山之一的蓬莱仙境，自古以来就流传着不少亦真亦幻的山海传奇，随着岁月变迁，形成了黄渤海文化体系中的一道妙趣横生、寓意深远的仙话长廊，"八仙过海"传说更为这道长廊增添了重要的一笔。

矗立在蓬莱海滨的八仙雕塑（李飞摄）

“八仙过海”的传说最早见于《太平广记》等典籍，后经过民间广泛的流传和诸多文人骚客的踵事增华，直至明代吴元泰创作的小说《八仙出处东游记》，八仙人物渐渐定型。八仙过海口，就在如今山东蓬莱区北黄海之滨，与丹崖山、蓬莱阁、长山列岛隔海相望。八仙祠门前抱柱的内侧一联为：“九天阊阖开宫阙，八仙过海在蓬莱。”其殿内正壁供奉着神态各异的八位神仙。

相传，八仙在蓬莱阁上应邀聚会饮酒。酒至酣时，铁拐李提议乘兴到海上一游。众仙齐声附和，并言定各凭道法渡海，不得乘舟，于是一同弃座动身而去。八仙齐聚海边，亮出法宝。逍遥自在的汉钟离率先将大芭蕉扇往海里一甩，他袒胸露腹仰面而躺，迎波踏浪向远处漂去。清婉动人的何仙姑将莲花往水中一抛，顿时红光四射，何仙姑亭亭立于荷花之上，随波漂游。随后，吕洞宾、张果老、曹国舅、铁拐李、韩湘子、蓝采和也纷纷将自己的宝物抛入水中，借助宝物，遨游于万顷碧波之中。

不料八仙过海致使波浪滔天，惊动了东海龙王。龙王率兵出来干涉，下令虾兵蟹将抓走蓝采和。众仙大怒，与之厮杀，连斩东海龙王两个儿子，吓得龙王的手下们魂飞魄散。龙王见状，请来南海、北海、西海龙王，合力翻动三江五湖四海之水，掀起狂涛巨浪，杀奔众仙而来。此时，忽见浊浪中闪出一道金光，原来是曹国舅的玉板发挥了威力。只见他怀抱玉板在前开路，众仙紧紧跟随，安然无恙。四海龙王见状，急忙调动四海兵将准备再战。而这时，恰好南海观音经过此地，出面调停。最终东海龙王释放了蓝采和，双方罢战。八仙拜别了观音菩萨，又各持宝物，遨游而去。

如今登上蓬莱阁，从丹窗朱户之中看到八仙醉酒的蜡像，继而凭栏眺望，山光水色尽收眼底。八仙早已过海而去，后人将这传说浓缩成一句脍炙人口的俗谚"八仙过海，各显神通"。八仙故事更是通过民俗、文学、艺术等形式，广泛流传到日本、韩国及东南亚等地。千百年来，八仙始终是民间众生的保护神，以其崇尚正义、向往自由的美好寓意，体现着和谐与包容的人文精神，早已沉淀成蓬莱地域文化的精髓。

5. 东海龙王

蓬莱丹崖山上散落着一片依山傍海、疏密有致的古建筑群。

过了显灵门再向西走，就到了龙王宫，宫内正殿中间供奉的正是那位与八仙斗智斗勇的四海龙王之首——东海龙王敖广。

唐天宝十年正月，玄宗皇帝给四海龙王加了封号，龙王庙便又名东海广德王祠。龙王宫的前殿供奉着龙王的两位守门大将，东为定海将军，西为靖海将军。步入正殿，东海龙王身边围绕着八位站官，东边是负责夜间海上巡逻的巡海夜叉、眼力敏锐的千里眼、司掌闪电雷鸣的雷公和电母；西边是助力渔民捕捞的赶鱼郎、监听三界之音的顺风耳、呼风唤雨的风神和雨神。八名站官各司其职，服从于东海龙王的调遣。

正殿前廊的两根明柱书联："龙酬丹崖所期和风甘雨，王应东坡之祷翠阜重楼。"殿额为"霖雨苍生"。农耕文明下的先民担忧天旱一年无收，而在古代传说中，水界的龙神潜入海底，腾于天空，执掌人世间的福禄凶灾，因而求雨和祭祀龙王便尤为重要。相传天旱时节，官吏就带着百姓到这里顶礼膜拜，头戴柳条帽高呼"求大雨，求大雨"，或者抬起龙王的木雕像走街串巷。但若屡求不应，人们就会把龙王爷抬到烈日下曝晒，据说晒到他难以忍受时，就会兴云布雨了。与此同时，出没风浪里的渔民和漂洋过海的船家常常在丹崖山上供奉龙王，期望在他的保佑之下，海无飓风，来去平安。楹联的下联讲到苏东坡曾到此地任知府，因未看到海市蜃楼而心生遗憾，于是向东海龙王祈祷。龙王体念他的心情，居然大显神灵，第二天果然出现了海市。这一传说更为东海龙王增添了不少神秘色彩。

龙是中华民族神话体系中的重要精神图腾。古人将祸福安宁和神灵联系起来，希望有神龙存在，更希望神龙能体恤人间的苦衷，普救众生。东海龙王的传说如今已融入民俗中。蓬莱沿海地区每年农历正月十三为渔灯节，这一天渔民们敲锣放鞭，载歌载舞，到海边为龙王送灯。

6. 秃尾巴老李

"节分端午自谁言，万古传闻为屈原"，有关农历五月初五端午节的来历，最为著名的是纪念楚国诗人屈原，另有纪念伍子胥、曹娥及介子推等说法。而在胶东半岛的潍坊、烟台、威海、青岛、日照一带，民间也将端午节作为纪念"秃尾巴老李"的节日。

"秃尾巴老李"的故事最早见于清代袁枚《子不语》中"秃尾龙"一篇，在山东地区广泛流传。各地独特的民俗风情使同一传说衍化出不同面貌，但故事主体大都符合"奇孕、异生、断尾、离家、孝母、显灵"的脉络。

相传招远县有户李姓人家，夫妇二人成亲多年却膝下无子。一日，妻子去河边洗衣服，突遇一黑龙从河中腾空而起，卧于其身上，妻子因此有了身孕。生产之日，忽见红光盖顶，一团电光腾空而去。接生婆说生产之时，忽现强光，目不能视，孩子便消失不见了。妻子的哥哥来探望时，发现一人首龙身的怪物将尾巴缠在房梁上，头正在妹妹怀中吃奶。这怪物虽为人首，但头生双角，全身布满黑色的鳞片，异常可怕。此时，哥哥发现妹妹竟然已被怪物吓死，于是抄起一把斧子砍断了怪物的尾巴。怪物竟开口道："舅舅不要砍我，我是你外甥啊！"

这怪物竟是三天前化为电光飞走的孩子。李氏得知此事怒火冲天，和妻兄一起将其打跑。

怪物离家后跑到外面修炼。家附近的渤海湾已有龙王，他功力尚浅，打不过渤海龙王，只好跨过渤海跑到了东北。当地的白龙江中有一条修炼多年的白龙，时常兴风作浪欺压百姓，致使两岸频发洪水。怪物为了给百姓除恶，便化身为秃尾巴的黑龙冲入江中，在水底激战一天。江面上电闪雷鸣，大浪滔天，他最终取得胜利。玉帝听说此怪深受当地百姓爱戴，称他为秃尾巴老李，便封他为江中龙王。因是一条黑龙。自此"白龙江"更名为"黑龙江"。如今故事依旧在东北及胶东半岛等地流传，据说每到秃尾巴老李母亲忌日的那一天，渤海湾到招远一线便会下雨，这时，村里的老人们就会望着天说道："秃尾巴老李又回来拜祭他的母亲了。"

胶东地区认为秃尾巴老李大战小白龙是在五月初一，并演化出端午祭黑龙、吃粽子的习俗。因此，每到五月初一，胶东地区就过"小端午"纪念秃尾巴老李，招远与莱州一带则多有张贴秃尾巴老李窗染花和墙花剪纸的习俗。秃尾巴老李的传说是中国几千年龙文化的传承与发展，随着"闯关东"又发展出新的情节内容。成千上万的山东人克服困难来到东北，耕耘并扎根在黑土地上，秃尾巴老李的故事也寄寓了他们浓厚的寻根之心与思乡之情。

7. 柳毅传书

渤海之滨不仅流传着有关民族图腾"龙"的传说，也由此衍生出了不少爱情佳话。自唐朝始，"柳毅传书"的故事就广泛流传于民间。最早且影响最广泛的是唐代李朝威所作的《柳毅传》，其后有元朝尚仲贤的戏曲《柳毅传书》。自此，柳毅传说内容不断丰富，至今长盛不衰。

儒生柳毅科举未中，返乡路上遇到受丈夫和公婆欺侮的龙女，帮她传书洞庭。龙女获救后嫁给柳毅为妻，柳毅最终得道成仙。"柳毅传书"故事的最初面貌大体如此，而在其"地方化"的过程中，出现了多种版本。民国《潍县志稿》中就出现了对柳毅故事的另一种记载：柳毅为潍州太平村人，传书对象乃渤海龙王而非洞庭龙王，并且融合了当地的地理风物——柳毅祠和祠堂院内的水池。其中，龙王地域的变化使得这一传说参与到渤海神话传统的构建当中。

唐初，柳毅赴长安参加科考，途中遇到一位放羊的女子，虽美丽动人却双眉微皱，面带愁容。柳毅上前交谈之后，才得知她是渤海龙王的女儿，被许配给泾河龙王，而丈夫放荡取乐，厌弃鄙薄她。说罢女子流泪不止，悲伤至极，同时恳求柳毅将一封书信交予自己的父亲渤海龙王，并说海滨有一棵大橘树，只要在树干上敲三下，便会有人出来招呼他。柳毅顺利地进入水下，只见城郭宫室巍然矗立。渤海龙王看到信后悲愁万分，懊悔自己将女儿错配了夫君，于是想要将女儿嫁给仗义救急的柳毅。柳毅谢绝了他的好意，宴饮之后便辞别了。

一年后，柳毅娶了芦氏女为妻。一日，妻子承认自己便是当年的牧羊龙女，为报恩德便化身为他的妻子，如今思亲之心急切。于是二人掘地为池，携子入海探亲。后来池水横溢，居民叫苦不迭，设祭立祠过后，水便不再溢出。后唐太宗征朝鲜时路过此地，父老陈述往事，太宗称赞不绝，封柳毅为河平王，龙女为膳国夫人。而关于柳毅显灵，民间也流传着许多传说，如天池祈雨说、海眼淘池说、民间祭拜说、告贫报应说、除夕守岁说、黄河摆渡说等等，遍及鲁东鲁北地区。

这一浪漫的爱情故事不仅表现了施不望报的侠义思想和追求幸福的强烈愿望，更将渤海文化融入其中，具有了鲜明的地域特色。

（二）海洋传奇

"沧海横流，方显英雄本色。"面对大海，人们总会感到自身之渺小，否则也不会发出"观于海者难为水"之叹，但人海之汹涌也恰如大海之诡谲，考验着英雄豪杰的本色和初心。天下万事纷纭，一个人该何去何从？是拔剑而起，还是笑看潮涌？山东半岛不仅吸引了秦皇汉武春风得意的脚步，也曾接待过许多或潇洒雄壮或落魄失意的身影。有人博弈斗神仙，沧海变桑田；有人威加海内外，处处扎军寨；有人逃难海神庙，从此上青云。虽然有些故事难考真假，但民间传说如此盛行和久远，其间必有缘由与根据。

1. 姜太公退海

胶东半岛三面环海，烟波无际，有仙岛异域，亦有不死之国。岛上有一人，既是历史记载中的真实人物，又是民间传说中的神仙，他就是姜太公姜子牙。姜子牙既是武神，又是智神，被奉为"太公在此，百无禁忌"的护佑神灵。纵观姜子牙一生的建树，无论是在军事、政治、经济、思想等方面，都有卓越的贡献。1972年从山东临沂银雀山汉墓发掘出的《六韬》残简，进一步证实了姜子牙在军事理论上所作著述的真实性。

历史与传说是怎样讲述姜子牙的呢？据《史记》记载，姜太公在武王伐纣的战役中立下大功，受封为齐国国君，定都营丘。就任途中，姜子牙行路缓慢，见一旅店，便准备住下。旅店的主人说："我听说，机会难以得到而容易失去。这位客人寝食如此安稳，想必不是去封国就任的吧！"姜太公听闻此话，意识到现在形势的严峻，连夜赶路，天亮时就到达了齐国。

相传姜太公到达齐国之初，为尽快富国强民，想在营丘以北的沿海一带发展渔盐业。谁知坐镇泰山的碧霞元君也想要此处海域，便联合北海龙王，使得此处海域整日波浪滔天。姜太公深知碧霞元君在仙界的地位，于是尝试与她商议："元君，我计划在北海发展渔盐富国强民，造福百姓，能否让龙王减少风浪？"碧霞元君告知姜太公："潮起潮落乃是自然规律，我也没有办法！"姜太公并不与她争议，而是继续以商量的口气说道："元君，我只需一箭之地，让子民们有个可以活动的地方即可，你看如何？"碧霞元君心想，这偌大的海域，仅是一箭之地倒也不足锱铢必较，于是答应了姜子牙的要求。

姜子牙将手中的神箭朝向北方用力射出，箭头走到哪里，哪里的海水就退去，变为平坦的土地，箭飞出一百多里才止。海天白浪翻，沧海变桑田。自此姜子牙带领齐国百姓就在这"一箭之地"大兴渔盐，齐国由此成为富庶之地。

姜太公对待百姓、治理国家的态度受到人民的一致好评，连周边的人民也纷纷归附齐国。

2. 齐景公游海

根据文献记载，春秋战国时期已经出现了早期海洋旅游行为，齐景公算是早期海洋旅游爱好者之一。据《韩非子》记载："景公与晏子游于少海，登柏寝之台而还望其国。""少海"即渤海，齐景公游历渤海，登临柏寝之台，回首眺望自己的国都，不禁赞叹："美哉！洸洸乎，堂堂乎！后世将孰有此？"《孟子·梁惠王下》还记载，齐景公"欲观于转附（山名，今烟台芝罘山）、朝舞（山名，在山东半岛东北方），遵海而南，至于琅邪（山名，今诸城琅琊山）"。

作为早期海洋旅游爱好者，齐景公对"游海"一事满腔热忱。据刘向《说苑》记载，齐景公曾在海上游乐"六月不归"，他对身边的人说："你们中若有人敢提出归国，我一定不会饶恕他！"直到骑马传递公文的人从国都中赶来拜见说："晏婴病得很厉害，即将死去，若不快点返回，恐怕您赶不上见他最后一面了！"齐景公这才立刻起身赶回齐国。由此可见海洋的魅力之大。就连孔子也曾提出"道不行，乘桴浮于海"，海洋已经成为古代先贤暂时躲避世俗的理想去处。

海洋在仙话的加持下，往往成为古人寄兴的对象。战国时期，伫立在海上的一座座山岭受到了方士们的大力宣扬，被称为"神山"。据说，神山上的鸟兽都是白色的，宫阙均为金银制成，仙人在山上自在地飘摇，宫殿中放置着长生不老药，山下则是尖锐的倒立的岩石。白居易有诗云："楼阁玲珑五云起，其中绰约多仙子。"无论是热心求仙的齐威王、齐宣王，抑或是多次东巡胶东的秦始皇，帝王们对神山的探求与寻访持续不断。

宋元以后，有人指出"神山"实为海市蜃楼，但古人仍多相信海市乃"蜃"所吐之气。明代李时珍《本草纲目》记载："蛟之属有蜃，其状亦似蛇而大，有角如龙状。红鬣，腰以下鳞尽逆。食燕子。能吁气成楼台城郭之状，将雨即见，名蜃楼，亦曰海市。其脂和蜡作烛，香凡百步，烟中亦有楼阁之形。"

3. 李世民东征

山东半岛的黄渤海沿岸不仅承担着海外贸易的功能，同时也担当着海防守卫的重要使命。隋朝初年，高丽王率靺鞨之众万余骑侵略辽西，为维护领土主权，隋高祖命水军总管周罗睺"自东莱泛海趣平壤",即从胶东半岛北部渡海出兵,说明隋代山东半岛已是出兵朝鲜的重要通道。隋唐时期的高句丽之战更是以海陆夹攻方式进行,山东半岛的海港及邻近海域组成了良好的海上防御基地,由此可见山东半岛海岸发挥着重要的战略防守作用。

唐太宗李世民东征高句丽,历经三次,大臣萧锐曾上书道:"海中古大人城,西去黄县二十三里,北至高丽四百七十里,地多甜水,山岛接连,贮纳军粮,此为尤便。""黄县",当时管辖今龙口市、烟台蓬莱区一带。可知山东半岛海岸独特的地理特征,给当时的作战计划提供了极大的便利。《剑桥中国隋唐史》认为,唐高宗击败高句丽,有两个有利条件,一是高句丽内部生乱,二是"占领了可从海上得到供应的百济作为基地,便能迅速打击高丽的心脏地带,开辟第二条战线",山东半岛沿海为唐王朝征伐高句丽提供了有力支持。彼时,唐王朝与新罗往来密切。《元和郡县图志》中提到,登州(今蓬莱市)"西至海四里,当中国往新罗渤海过大路""新罗、百济往还常由于此",说明登州所辖的今长岛县、蓬莱市、龙口市一带是新罗、百济人往返唐朝的必经之路。海外贸易往来和海上战略防守的双重作用,使得这片海域对于山东半岛的作用愈显重要。

早在西汉时期,汉武帝便派遣楼船将军杨仆从齐地渡过渤海,远征朝鲜,促进了山东半岛航海事业的发展。山东半岛与朝鲜半岛之间的海上航线早已成熟,海洋则是两者间重要的纽带。那些立于山东半岛与辽东半岛之间的岛链,像一个个凸起的龟壳，把两片地域恰到好处地分隔开来，为山东半岛增附了独特的地理优势。顾祖禹《读史方舆纪要》引《海防考》云："山东海防，惟在登、莱二郡。而成山以东白蓬头诸处，危礁乱矶，伏沙险湍，不可胜纪，故守御较易。"由此可见，海洋与山东半岛滨海之间早已相互倚靠。

4. 尉迟监造海丰塔

山东滨州无棣县的老人们常笑问儿孙："谁能一口气儿说完'海丰塔十三起儿，扑蹬扑蹬一起儿，扑蹬扑蹬两起儿……扑蹬扑蹬十三起儿'？"他们口中这座"十三起儿"的海丰塔，是唐贞观年间所建的十三级浮屠。

然而，百废待兴的大唐之初，远在长安城的唐太宗李世民为何要在这东海之滨的边陲小城大兴土木、修寺建塔呢？

相传，在五台山演教说法的文殊菩萨因当地酷热干旱而生悲悯之心，便往东海借"清凉石"，以使五台山凉爽葱茏、焕发生机。途经古邑无棣城时，这煦日清风、鸟语花香的海滨之地令其心旷神怡，于是落脚歇息，将一颗佛骨舍利埋于此处。

此时的李世民因早年平天下时杀戮甚重，又在玄武门之变中杀兄弑弟而夜不能寐，须大将秦琼、尉迟敬德守于宫门方能安睡。为了超度亡灵、感召民心，彰显开放包容的大唐气度，他废止了限制佛教发展的诏令，将佛国献上的几十粒舍利颁赐全国的大郡，并广修佛塔、寺宇以存放。

贞观十三年，这段"文殊菩萨无棣歇脚藏舍利"的佳话传到了李世民的耳中。无棣虽非大郡，但乃昔日姜太公赐履之地，是人杰地灵、商贾辐辏的鱼盐之乡，于是他亲派尉迟敬德前往监造佛塔。这位屡立战功的鲜卑降将年少时曾为铁匠，纯朴忠厚，且乃高僧玄奘得意弟子窥基法师的伯父，知天命后收敛性情，少与人交。洛阳老君山老君庙、沙河漆泉寺、西溪海春轩塔等都是他所督建的。

在文殊菩萨歇脚处修的这座塔采用八角密檐式砖石结构，每级皆为八角形，第一级高大空阔，南北各有一拱顶券门，南门上方镌刻"文笔冲霄"四字，其上各级则仅设南门，层高渐小。如此一来，每层的塔檐紧密重叠着向上翘起，层层叠叠的飞檐古朴轩昂，和着檐角铜铃的妙音回环，显出中国古建筑飞动轻快的独特韵致。整座塔青砖到顶，顶有相轮，内以券形踏步回廊使十三级逐级相通，与《佛祖通载》所记的四类塔中"菩萨如来十三级"一致。

六年后，太宗东征高句丽，途中亲临碣石山，一睹宝刹真容，赋诗《春日望海》。同年，"塔祖"西安大雁塔始建。明初，为避朱棣讳，无棣更名为"海丰"，舍利宝塔随之改称"海丰塔"。

千年来，历地震、洪水与战火，海丰塔早已伤痕累累，难于修葺。1991 年，在当地官员及人民大会堂总建筑师、无棣乡贤张镈等当代"铜塔神匠"的同心协力下，海丰塔得以重建，并由中国佛教协会原主席赵朴初先生题匾，中国书法家协会原副主席李铎先生亲书对联"海裕无双邑，丰余第一州"。

5. 苏东坡登州观海市

元丰八年春，宋神宗病逝，年仅十岁的哲宗即位，太皇太后高氏遵遗诏垂帘听政。这时，年近知天命的东坡居士刚刚获允定居常州，仍做他团练副使的从八品小官。他一路鞍马劳顿，寻田问宅，正待"作个闲人"，却突然接到了知登州的诏令，只得按捺下归隐之心，于草木葳蕤的江南六月启程，赶赴胶东半岛北端的登州。

十月中旬，他来到登州。再至孔孟之乡，金黄的落叶依旧裹在咸湿的海风里扑面而来，只是十年前密州知州任上的鬓边微霜又增了几多。早已司空见惯的调动交接之后，这位被起用的知州大人自当休整一番，此乃人之常情。

然而，苏东坡却步履不辍地走向民间，"为官一任，造福一方"的信念驱使着他去实地察民情、解民忧。他发现当地百姓以煮海盐为生，而榷盐政策之下，所产之盐须卖于官家，再向官家购买，如此循环，百姓低卖高买，导致这方沿海宝地竟是食盐贵、贩盐难，许多盐户纷纷破产外逃。苏东坡当即写就《乞罢登莱榷盐状》呈报朝廷，建议盐户自行发售，官府收税。此议被准，此后八百余年间，登州一带百姓始终享此福荫。

苏东坡所忧所思，不只民生，还有军防。深入兵营视察后，一纸《登州召还议水军状》又上递朝廷，先论登州北防契丹的要塞功用，再陈百余年间屯兵戍守的详情，指出武备松弛、屯兵外调之弊。此议亦准，练水军、停战船的刀鱼寨得以修建，明代备倭城、清代登州水城皆以之为基，外寇戎心不启。

任事五日，圣旨又下，以礼部郎中之职将苏东坡召还汴京。任期之短出人意料，但苏知州的实绩更令人惊异。登州百姓自发修建苏公祠，门口一联"五日登州府，千年苏公祠"铭印了他保境安民之举的恩泽。

离任之际，苏知州心里尚有一憾事。他神往登州治所蓬莱的"仙境"已久，可据当地父老说，海市蜃楼多见于春夏之交，此时已然初冬。但他不甘错过，虔诚地祈求东海龙王助他遂愿。翌日清晨，他兴致勃勃地登上了蓬莱阁，随着初升的朝晖极目远方。大约是上天不忍让这位贤官雅士心生惆怅，又或者只是一个完美的巧合，海天相接处竟似有群仙出没，又似重楼翠阜若隐若现。这奇丽的景象使苏东坡意识到，

苏轼《海市诗》刻石拓片（原石藏于蓬莱阁卧碑亭）

他期待已久的海市蜃楼出现了！浩浩烟涛之上琼阁变幻，祥光缭绕，惊讶、欣喜之余，苏东坡负手而立，吟出一首《登州海市》，开登蓬莱作诗赋之风，使仙境蓬莱更添雅韵、文脉绵延。

临行前，他还采集了些滩头圆润斑斓的弹子涡石作为纪念。而苏知州的翰墨名篇和实绩佳话，也为这片沧海留下了最美的华章。

七

海洋民俗　别样风情

山东黄渤海沿海的民俗风情是广大劳动人民在特定的自然环境与生活中，集体创造并积久成习的一种文化形态，是一种综合性的文化事象。山东黄渤海沿海民俗风情内容丰富，包括海洋信仰与海神祭祀、海洋民间节庆与开海仪式、海洋民俗演艺与民间工艺、饮食起居习俗与民间礼仪等等。故事的选择注重田野具体采集地，叙述关注民俗事象，突出细节活态，力求兼具知识性与趣味性。不同沿海地域的民俗风情故事，展现沿海地区的历史文化传统与现实生活风貌，突出不同沿海地区民俗的千姿百态与风情万种。

（一）节俗漫记

　　中国节俗中始终贯穿着一条脉络，就是扬美德、显智慧、鉴善恶，凝聚着人们对美好生活的追求和向往。渔民在各种娱乐活动的狂欢时刻，敬神酬神，盼望祈求的是生活的安定、富足、顺利、吉祥。节俗诸事象所展现的祭祀、娱乐、信仰活动，为研究传统习俗和民俗心理提供了窗口。

1. 渔民狂欢节的由来

常言道，谷雨一到，百鱼上岸。每年谷雨时，正是山东沿海春季大海市，渔家多在这一天举行祭海仪式，之后出海作业就开始了。

1901年农历三月初三，正是谷雨节，凌晨一两点钟，黄海边上一个小渔村娘娘庙前的灯影里，隐约攒动着一群人，他们正忙碌着准备祭礼活动。几个壮小伙抬着一头去毛的整猪，猪身裹着大红绸子，头朝着大海，四蹄向下，放在了一扇大门板上。有人又把红枣大饽饽五个一摞，摆在一旁。这是献给海神娘娘的供品。一时人声静默，只见主事的船老大点上三炷香，高高举过头顶，插入香炉，屈膝跪下。后面的众男子也跟着一起跪倒，朝着大海，三叩头。接着，焚纸，点着成串的炮仗。这时随着鞭声齐鸣，人声沸腾起来，火光映照着他们的笑脸，也似乎冲散了海风的寒气。祭祀活动庄重而简短，前后也就一个时辰。随后，在号子声里，渔民们抬船出海，黎明时驶向渔场。等到日头离海蹿到丈把高，远远看见返航的船只，村人纷纷拥向岸边迎接。这一天，家家户户砧板密响，鱼酒飘香，人们快活地分享着收获的喜悦。

这是百年前文登泽库前岛村过谷雨节的情景，当时渔民还多单家几户地出海捕捞。后来渔民多受雇于鱼行，祭礼活动也就由各鱼行来主持操办，规模比以前更大了。

荣成石岛的渔民在节日这天，会准备十个大饽饽、一缸营口高粱老烧酒，和鞭炮香纸。最重要的是要杀一头肥猪，去毛带皮，用腔血涂抹全身，叫发财猪。祭祀时，以鱼行为单位，摆好供品，烧香放鞭，面海拜祭。祭罢，鱼行老板同渔民们就地在海滩上，把门板当桌，开怀畅饮起来，划拳猜令，非常痛快。只是这时母亲们、妻子们难免有些伤感，因为祭海后，男人们就得出海了。她们盼望着儿子或丈夫出海能够平平安安，不要为操持一家老小的生活太过劳累。临出海时，母亲或妻子必用白面蒸好一只小兔子，揣进出海亲人的怀里，然后送出门去。据说这可保平安。这不加渲染的表达、看似平常的举动，暗含的是生命里最柔软的部分。许多时候，人们正是靠这些才有了对生活的热望和信念。

原始人在渔猎之前，一定要向神灵祈祷。谷雨祭海，可说是原始渔猎的遗风。就像前岛村一样，早先的祭海仪式都很简单，后来随着鱼行规模化捕鱼，仪式才日渐隆重。如今，因经济、生活条件的改善，祭祀仪式的娱乐化，这个生产节日增添了更多的色彩，成为渔民狂欢的节日。

2.“水灯”的呼唤

农历七月十五为中元节，又称鬼节。这天家家祭祖，寺观、里社举办盂兰盆会，社坛作醮，祀无主孤魂，并有放河灯或海灯活动，意在超度亡灵。渔家正是在当晚放海灯，祭祀海上溺亡的亲人。

据胶东民俗有关记载，旧时荣成石岛渔民在放海灯前，会在宽敞处设大型香案，摆上祭品，焚香烧纸，并请僧道两众筑

清代蓬莱中元节冥币雕版（胶东民间艺术博物馆藏，司书景摄）

台诵经作法，为亡灵超度。天黑后，抬着扎制的"巨鬼"开道，僧道先行，人们尾随其后，一时聚在海边。先放焰口，就是一种叫"泥墩子"的土造礼花，再抛施舍，就是将笸箩里盛的小馒头、米饭等撒入海中。同时，将自制各式灯笼点燃，下托木板，放进海里。有溺亡亲人的渔家十分重视放海灯，他们会用木板精心制成船形灯，写上文疏，仔细地放入水面，让它漂走。长岛渔民用木板、秫秸仿照罹难船形制成小船，上面有字纸具亡者名字或牌位，并装祭品——或是糖果糕点，或是衣帽鞋袜，甚至生前喜好之物。然后渔民点燃蜡烛，呼唤死难亲人名字，由已婚同辈男子将小船放入海中。蓬莱沿海地方也有在送灯之外，另扎一纸质大船的，俗传是为了收容无主孤魂。龙口黄山馆一带，海灯笼上还贴有黑色的亮光纸剪出的祭品图案，如猪头、鸡鸭等，还有不同纹饰的莲花灯。仪式之后，祭奠人会长久望向海灯，心头呼唤着，看它随波逐流，带着微弱的亮光，消失在无边的黑暗里。

在佛道两教中，灯的寓意相仿，一是生命的传播、轮回不息的象征，二是用作招魂。"放海灯"仪式的象征意义，所反映的这种超自然的轮回转世的观念，在人类学上自有意义。在以亲属组织为基础的社会里，因延续世系族群而产生的祖先崇拜得以蔓延深化，每个人在世系里的地位都不会因死亡而失去，尤其是因家族单位的相对孤立和狭窄，不容任何成员的丧失，因此，一种死而复生的观念就此产生。向以伦理立国的传统，视人际关系的和谐为中国文化价值系统中的最高目标。可以说，人们对祖先的表示尊崇、感恩的仪式实际上是一种凝聚家族力量、调解家庭关系的重要方式。

"大竹山，小竹山，竹山底下有个钓鱼湾。先下钩，后下线，钓出一条鱼儿供祖先。"这首海岛歌谣至今传唱，还会一代一代传下去。

3. 流浪者的花鼓戏

过去，全国各地都有一些大同小异的秧歌舞，这些舞乐的主项乐器都是鼓，因鼓的形制大小或打鼓方式的不同，就出现了各种不同的叫法。流传在广饶陈官村的短穗花鼓舞就是其中一种，因它是用鼓槌末端的短穗来击鼓的，所以就有了这名号。

它也称打花鼓，又名秧歌儿鼓。

当年的打鼓人靠此糊口谋生。因为地处黄河口，大片的家园常常被泛滥的洪水冲毁，村民们只得外出乞讨卖艺。为求便利或者互相照应，也就形成了最简单的以两人为一组的表演方式，一人打镲说唱，一人击鼓而舞。宋人书里早就提到，腊月街头有流浪人扮作神鬼判官等，敲锣击鼓，沿门乞钱，名叫"打夜胡"。看来，秧歌舞那时就有了。短穗花鼓，一说由凤阳花鼓演化而来，所用道具和舞式却自有特点。两根二尺长的短鞭，在鞭子中部拧出"猫耳朵"，上系灯笼穗，舞时鞭头"疙瘩穗"用于击鼓。腰间的花鼓是活动的，须在跳动的武术花式中鼓穗打鼓，自然就要求功夫熟练。相传清末陈官村的张延水（约1873—1942）是第一代艺人，当初他同邻县商河花鼓艺人一起在北京卖艺，接触了许多曲艺项目，技艺不断翻新，声名大震。关于他自编短穗花鼓的动作特点，有口诀道："打场脚微颤，八字腿弓箭。击打头略晃，跑鼓轻如仙。"回乡后，他开始授徒，两个儿子张洪祥（1914—1993）、张洪果（1929—1991）在他的培养下，也成了当地有名的艺人，张家花鼓名噪四乡。

且来看一段年节表演。只见观众早就围成了一大圈，好不热闹。圈子中，卖艺的两人配合默契。最先是序演，叫打场子，击鼓者随着鼓点，做几个"二龙吐须"的动作，再围着场子跑上几圈。接着正式开演，陆续做出各种招式，在"张飞骗马""苏秦背剑""鲤鱼倒卷帘"之后，鼓点渐渐加快，随着"就地十八滚"掀起高潮。在观者叫好和鼓掌声里，击镲者开始唱一些民间小调，《串九州》《枕头记》《十二月》等，唱词诙谐，曲调低沉。唱完，做出场动作，围着场子走出"绕八字"队形，向观众行礼致谢。"家中要有二亩地，谁愿逃荒离陈官"，每当曲终人散，打鼓人的心绪总是久久难以平复。

各地秧歌里都有大大小小的鼓，这不是巧合，鼓是一种文化符号。鼓最早是古人祭祀中降神通神的法器。鼓"动"的特点，又与太阳的运动相关，激越的鼓点是生命力的象征。所以后来，鼓就被用在了征战、驱除猛兽、歌舞劳动、喜庆节日里。"打起花鼓转悠悠，背起花鼓串九州。"这流浪者的花鼓戏透着陈官人生活的韧劲儿。鼓是他们赖以生存的家伙什儿，在劲健舞动的节奏中，人鼓合一，鼓是生命的化身。或许正是这鼓的力量，让他们在残酷的历史命运面前，有了不屈不挠的斗志和精神。

（二）渔工巧事

从船只、房屋，到鱼篓、笸箩，无论大小，能工巧匠们的手下物实用而美观。从材料的采集、加工，到成型，每一道工序都渗透着情感、态度，包含着手艺诀要及观念。"透物见人"是民俗学研究的方向，即关注"物"背后所蕴藏的人和事。有了人和事，才会有时间和历史的可能。古人说得好，百工之事是圣人所为。面对渔人巧工，后人没理由不肃然起敬。

1. 海草房的奥妙

画家吴冠中当年在荣成写生，为当地海草房留下一段文字：

> 一眼看那渔家院子，立即给你方、稳、厚重的感觉。大块石头砌成粗犷的墙，选材时随方就圆，因之墙面纹样规则中还具灵活性，寓朴于美，谱出了方、圆、横、斜、大、小、曲、直石头的交响乐。三角形的大山墙在方形院子的整体基调中，画出了丰富的几何形变化，它肩负着房盖上外覆的一层厚厚的草顶。那种藻类海草具防腐性，能耐数十年，保冬暖夏凉，并且那松软的草质感，调和了坚硬的石头，又令房顶略具缓缓的弧线身段。

艺术家重美术性，工匠重工艺性。一个是看的艺术，一个是用的艺术。海草房体现的更多是工艺之道。不妨简单来看看

荣成鸡鸣岛海草房（司书景摄）

它的形制。

海草房的院落，以三合院居多，一般是北屋正房三间，东西"对口厢"，即两边厢房各两三间，再用院墙和院门连起来。房宽大多一丈或丈二；间长，明间八尺，梢间六或七尺。房屋立墙，石块垒砌。房顶苫草尤费草料，具体流程是：房屋顶盖为硬山搁檩式，通常檩条七或九，铺上用胡秫秸扎成的笆子，镘上泥浆抹平，干后苫海草。房脊与房檐的比例约为一比一，耸起的大陡坡便于流水。海草从下往上苫，一层海草压一层麦秸草或贝草，每间房用麦草八百斤、海草两千五百斤；铺到房屋脊，草厚能到五六尺。海草苫完后，用白灰黄泥浆抹平，叫"压房脊"；同时在房脊两头压块小石头，称超凤石。之后，屋顶用水淋湿；自上而下，拍平房坡，剪齐房檐。

海草房的工艺秉持的是实用、素朴的原则，避免过于繁杂的技法、工序，减少多余的造型、装饰以及色彩的使用，呈现出低廉性、实用性、程式性、装饰性的特点。缕缕海草被海潮成团地卷上海滩，不多花费，取用便利；厚实的石墙体与草屋顶坚固耐用，冬暖夏凉；统一成熟的建筑技术规范经久不变；造型自然素朴，偶有图案，也是源于求吉避凶的风俗。

有时会想象，这些房子花费了多少功夫？凝视它们，似乎还能感受到主人和工匠的情感、热量。工艺的本质是用的美学。美，在平常中使用，与生活贴近，无须超凡脱俗，却能丰衣足食，令人气和神平。

2. 海菜糊的笸箩嫁妆

春天，当大潮慢慢退去，鸡鸣岛上的女人们就会到一两尺深的浅水礁石中捞取一种海藻，叫膏菜。它的样子像是石花菜，只是长得略高一些，颜色白中带点浅红，也有黄白的。她们将膏菜带回去，洗净杂质，清水中浸泡后，取出晾晒，等脱了色，也就干了，存放好，留待取用。采采膏菜，所为何来？原来是渔家女儿初长成，该用它糊笸箩做嫁妆了。

荣成笸箩（胶东民间艺术博物馆藏，司书景摄）

荣成、文登等地，女儿出嫁前，娘家会早早为她准备下居家过日子的大小纸器，尽管有斗、筐箩、盒子等形式，但统称为"筐箩"。这些筐箩，多半是由母亲花费很长时日亲自裱糊的，花样繁多，几乎把老辈传下来的技艺都用上了。我们不妨把这些筐箩分三大类：罗面筐箩、烟筐箩、针线筐箩、小摆摆筐箩类，纸斗类，花筐箩（盒子）类。现在单讲一下花筐箩。

"花筐箩"是因筐箩饰有剪纸花纹得名，当地又称这些剪纸为"筐箩云子"。筐箩有大大小小各种尺寸，最常见的一种是尺半左右长宽、六七寸高的长方体，还有一种体积很大，作为衣箱放在大柜上。这两种要在婚礼上露面，所以多精工巧作。筐箩装饰分"后身""前脸"，后身裱糊白纸或淡黄纸、粉纸，不贴云子花；前脸用白纸，贴青（黑）色云子花。相比之下，莱州、招远、龙口、栖霞等地的筐箩多是红红绿绿，颜色喜庆，而这里的筐箩云子却是一色的青（黑）。当地人说，这求的是"眼亮""精神"。民俗学家给出的解释是古俗的遗存，有三种说法：其一，唐宋以前，古人节庆中多以黑色驱鬼镇邪，此风流布甚广，这与过节就是度厄有关。后世，节庆多重欢娱，原先驱鬼之风已淡化，红色渐渐取代黑色。其二，东夷图腾为玄鸟，夏人尚黑。其三，五行学说中，以黑为水，水克火，民居为土木结构，顶棚、筐箩等又是纸糊物，故用黑色装饰。

糊筐箩，重在一个"糊"上，糊工要巧，要妙，却万不能没有糨糊之料。旧时老少一大家，穿衣戴帽全靠自家的女红活，单说做鞋一样，须打布壳子，需要的还是糨糊。麦粉为糊料，对生活本不宽裕的家庭不算小事，因为糨糊用量很大。不知什么时候，聪明的海岛人发现有种海藻黏液多，就把它晒干，放在瓦罐中，添些水，做饭时随干粮一块熥熟，再用筷子搅匀，糨糊膏就做成了，糊东西不光结实还能防虫。这大概就是"膏菜"名字的由来。膏菜虽不能食用，却在女红的世界做出了大贡献。

3. 窗花里的鱼人

在现今招远市北部，辛庄镇临海的高家庄子、磁口一带渔村，仍能见到一些保存完好的明清时代老房子，气派的门楼，宽敞的院落，依稀可见昔日的盛况。过去，这里的人家几乎户户都有人在外谋生，他们用在北京、天津、营口、沈阳、哈尔滨，甚至朝鲜、日本等地做生意赚来的钱，回来置地盖房，富甲一方。生活的富庶也带来女红文化的兴盛，绣品花样趋工趋精，就是窗花也与别处迥异，因开窗较阔，追求大、繁、细。有名的宽幅染色窗裙就出自这里，而婚俗剪纸中所用的"莲花生人"更是极尽工巧。

国人自古以多子为祥瑞，所以有婴戏图、百子图等。民间婚俗里的绣样和窗花也颇多这一主题。莲蓬多子，童子与荷花组成的图案，就成了"连生贵子"。这种同音相训、因声求义的古代训诂学方法，老百姓可能不太明白，但谐音的图画隐喻，却习惯套用。所以，剪莲花时顺带剪出一个小孩子，就有了一个好听的名字"莲花生人"，意思自然很是明了。

图中这张晚清剪纸宽六十六厘米，高四十厘米，是一窗心。

清代招远窗花"莲花生人"图案（胶东民间艺术博物馆藏，司书景摄）

偌大的尺幅，非富贾大户的窗子不能贴。据收集者说，是前些年磁口旧村改造时得来的。有趣的是，常见的"莲花生人"图案是一童子立或在荷花中，而这幅窗心则是以开光装饰法，剪出各式"鱼娃娃"模样，呈现出的是一种渔家文化特有的富贵气象。

窗心轮廓是一盛开的硕大莲花，叶托底，蕾为心，瓣相守，以此为形，作八处开光展示；"鱼娃娃"，即各式人面鱼、虾、蛤、蟹、蛙身，均作张手嬉戏状，莲蓬、花叶等点缀其间。剪工以阳剪为主，阴剪为辅，局部用打毛法。整个画面构图饱满，形象生动，在实与虚、点与面、块与线中，施以变化，极具装饰感。若以叶与蕾中心竖线为对称轴，两边图形则成轴对称。

可见，开剪时是将纸对折剪成。

海边人家婚礼、生子、上梁中的喜饽饽，也有类似的"鱼人"。万物有灵是原始宗教观念，这里的各式"鱼人"虽没有直接证据说明是古俗的遗存，但可以说是鱼崇拜的折射。俗语道，想什么来什么。"莲花生人"作为乞子图，生子是目的，婚房贴它意图明显。从本质上说，这应该是交感巫术的一种。

（三）海味小话

俗言，靠山吃山，靠水吃水。渔家的日常饮食，当然离不开海味。地理环境不同，海产的种类也有变化，加上人文、生活习惯因素，也就使食物有了地域性特点，出现了不同风味的小吃。比如荣成海域盛产蛑子虾，他们制作的虾酱就成为特产。文蛤虽多处都有，但沾化水域所产口味更好。

1. 可食可玩的沾化文蛤

旧时渤海渔民有歌谣传唱："天津河的螃蟹，沾化河的蛤。立夏三天龙口打加吉，立秋以后滦家口出大西瓜。"

沾化蛤，当地称文蛤，又称花蛤。因为蛤的外壳光洁，底色呈浅黄或乳白色，壳上有弧形生长线，并有规则排列，条条弧线又生出带有锯齿的棕红色纹路，就像画一样漂亮，所以才有了这样的称呼。它属于河海相接处的半咸水贝类。文蛤适合在浅海的细沙和泥沙滩里生长，早春和深秋是拾取的好时节，其时最为鲜肥。文蛤肉质洁白鲜嫩，清香爽口，有"天下第一鲜"之誉，汆、烩、蒸、炝均宜。当地人喜欢做一道叫作"蛋泊文蛤"的菜，又叫"烧文蛤"。制作时，撬开文蛤，将肉取出，用竹片拍碎，滤出汁水，撒食盐、花椒面等佐料，腌上半天；再搅拌蛋清，放入少许面粉，将文蛤肉在蛋清中一蘸，入油锅炸；最后，淋上香油上桌。味道鲜美，殊难形容。

如画的文蛤，深得孩子们的喜爱，因为它又好看又好玩。退潮的海滩上，拾蛤的人影中少不了半大的孩子，他们携小钉耙一把、口袋一个，见有蚂蚁窝似的小洞，一耙挥过，蛤壳顿时闪出。有时碰巧还会遇上"蛤坑"一窝，心里头就别提有多高兴了。蛤肉吃过，他们还会自制"蛤哨"：壳盖顶上磨一小孔，双手捂在掌心，松紧闭合之间，对孔轻吹，音调浑厚低沉。此时，滩平海息，群儿齐吹，呜呜作响，似在童话世界。

古人食蛤的历史可追溯到旧石器时代。考古发现，黄渤海沿岸和岛屿中，有多处贝丘遗址。夏商时期，东夷人在日常生活中，大量地使用贝壳作为装饰品。他们还利用贝壳制作铲、锄进行土地开垦，这是对海洋渔产的有效利用。贝壳因体量轻，便于携带和计量，还成了最原始的货币，这就是贝币。到夏代时，中原地区已在使用贝币。从出土文物和史籍记载来看，贝币的使用在商代已很普遍，益都苏埠屯一号大墓一次出土海贝三千多枚，产地就是渤海区域。贝币的使用，使贝壳成为财富的象征，以"贝"旁为部首的众多汉字可以证明。

2. 风俗里的莱州梭子蟹

过去，在莱州海边的村庄，渔家炕头上常使用一种青布方形长枕，两边枕顶往往都绣着不同的图案，常见的有两只大螃蟹和一大穗芦草的图案。询问当地人，多说是母亲结婚时的用品，螃蟹图案可能是家庭和睦的意思。

莱州湾盛产蟹子，以"三疣梭子蟹"最有名。春秋两季各有一次汛期，此时蟹肥，正赶上两种作物成熟，就有了"麦黄蟹子""豆黄蟹子"的称呼。俗谚说，春吃尖脐，秋吃圆。春季宜吃公蟹，秋天宜吃母蟹。当地人说的"八月的蟹子顶盖肥"，指的就是母蟹的蟹黄满。过去莱州人最看重两大节，一是过年，再就是八月节。农历八月十五正是分享蟹子的好时候，寓意又好，又好吃，谁家炕桌上也少不了它。手巧的人还会自制一些小木锤、小钩子、竹扦子，吃黄有黄，吃膏有膏，欢欢喜喜，热热闹闹。

国人食蟹的历史久远，两千多年前的《周礼》记有"蟹胥"，是一种蟹酱。过去因受各种条件限制，历代都以吃到鲜活的螃蟹为乐事。不妨见识一下《明宫史》中描写的宫廷螃蟹宴："（八月）始造新酒，蟹始肥。凡宫眷内臣吃蟹，活洗净，蒸熟，五六成群，攒坐共食，嬉嬉笑笑。自揭脐盖，细细用指甲挑剔，蘸醋蒜以佐酒。或剔蟹胸骨，八路完整如蝴蝶式者，以示巧焉。食毕，饮苏叶汤，用苏叶等件洗手，为盛会也。"食罢堆蟹壳斗巧，几同民间玩法。活蟹难得，于是就有了腌制螃蟹的做法。北魏时代的益都人贾思勰在《齐民要术》里就提到了这种"藏蟹法",现在莱州人的"生呛梭子蟹",正是沿袭了这种古法:水中加适量食盐,再放入花椒、大料、桂皮等佐料,烧开。盐水凉透后,注入瓷坛,再把洗净的鲜活梭子蟹倒入——蟹子要取不大不小的。之后封好坛口,待其发酵,一般二十来天就可启封吃了。腌时在深秋,每家制四五坛。平日学童散学,常从坛中随手随取一蟹夹,持饼子边啃边玩。

忽然间想起,先前提到的当地人青布枕头上的大螃蟹和芦穗,应该还有一层更深的寓意,那就是过去读书人梦想的"二甲传胪"。看来,看似微小的散见民俗事象,仍然是与诗书传家这样的大传统紧密联系在一起的。

3. 瓜菹与虾酱

说起胶东人餐桌上的咸菜类腌渍物,还得提到这百年来主食的变化史。

日常的主食是饮食习俗中最重要的主体,受种植和外运粮食的影响,主食会有所改变,这就带来了食俗的变化。大体可以 19 世纪末到 20 世纪初为界限,看出前后主食的不同。这之前,主食是米饭。稻米、谷米、糁子米,三米并存,间或加高粱米。大米为上,小米也是中产人家的常食,一般家庭以糁子米为口粮。吃米饭,须汤菜来配,熬菜就成了家常菜。这之后,玉米逐渐代替米饭成为主粮。玉米面吃后难以消化,后来据说有渔民从天津学来一种吃法,就是玉米面里掺入豆面烀饼子,人们才慢慢适应。同时,也常食地瓜。麦子面虽历史久远,可是一直没有成为主食。饼子是粗粮，在汤菜少的情况下，尤其早晚餐，就须做稀饭来喝，这也是黏粥、米汤能够流行的原因。因为玉米饼子粗粝，菜肴就会带有刺激性，所以葱、蒜、辣椒、花椒都用来佐食，农家、渔家都会腌菜、制酱。瓜齑与虾酱，正是当地的风物。

旧属登莱府辖地的龙口、莱州，习惯称腌制的咸菜叫"瓜齑"。据考，此名来自宋代河北赵州，当地以腌小瓜闻名，后传到江淮之地，南宋宫廷食单里还有一种"肉瓜齑"。不同的是，龙口人秋季的大咸菜缸里能见到的，是萝卜。莱州虎头崖渔家腌的东西更杂，除根茎类，还有刚下来的时令菜蔬如茄子、辣椒、菜豆等，甚至还有鱼头、鱼内脏，让瓜齑染上鱼腥气。别处的人或许会不解，可当地人要的就是这份鱼香味儿。

胶东沿海人家几乎家家会做虾酱。虾酱只是一个统称，细分有若干种，鱼酱、鱼子酱、蟹酱、蜢子虾酱、海兔酱等等。荣成以盛产蜢子虾酱闻名。蜢子虾极小，无须磨碎，直接可以做酱。生虾酱制作工艺大致分为推虾、洗虾、腌虾、搅缸、晒缸等步骤，具体地说就是：以推网捞虾；在海水中用带网的桶滤出杂物；虾里放适量的粗粒盐，加少许白酒搅拌均匀，放入干净盆里；每日用竹木棍搅拌晾晒，大约六七十天，颜色逐渐变为紫红，呈黏稠状；晒好的虾酱入坛子密封，放于阴凉处发酵，一般二到三年就可启封食用。食法多样，一般与鸡蛋一起炒或蒸。

"臭鱼烂虾，下饭的冤家。"那些从旧时代过来的人与其说嗜好的是这种浓烈的味道，不如说沉湎的是那浓烈的乡愁。

（四）海边俗信

　　人类与生俱来的生命意识，在生存环境恶劣的情况下会变得更加强烈。在风浪中讨生活的渔人经常会面临突如其来的生死考验。在科学不昌的旧日，面对威胁，因寻求护佑，自然会出现对自然神和人格神的崇拜，即龙王、天后、海生动物等神灵信仰。同时，海上丝路文化也带来了神灵信仰的融通。尽管这些信仰不乏迷信的成分，但毕竟是一种习俗和文化。要知道，任何文化都是人把自己一步一步地变得更像人的行为和过程。

1. 东海神庙祭海

　　莱州湾畔的东海神庙，因历代君王亲临或遣官主祀东海之神，被誉为"万壑朝宗之墟"。东海神庙的历史，可追溯至汉代的海水祠，宋代以后不断扩建。宋代扩建东海神庙，相传与宋太祖赵匡胤有关。赵匡胤称帝之前，落难之时曾至东海神庙，并于庙中求签。得上上签。赵匡胤遂面对东海神主塑像发愿，若能发迹，即大修神庙。赵匡胤称帝后，即遣使祭祀东海神主，并大修东海神庙。至清代道光年间，这里已经形成了占地六十余亩、规模庞大的建筑群，成为皇家的祭祀重地。20 世纪 40 年代，东海神庙因战事被拆除，就此淡出了人们的生活。

东海神庙建筑残件鸱吻（莱州市博物馆藏，司书景摄）

上古时代，在"四海海神"的信仰和祭祀中，一直以"东海海神"为核心。传说，东海海神叫禺虢，是黄帝之子。东汉时佛教传入，一并带来了海龙王形象，东海龙王也就成了新海神。历代帝王敕封和国家祠祀的海神，指的都是以东海龙王为首的四海龙王。东海神庙祭海成为国家祀典，始于秦汉，到宋朝，程序已很完善，祭海礼仪做了定制，之后各代循礼行事，立春日祭海。清代祭海仪式规格更高，甚至出现对海神行"三拜九叩"之礼。可查的历史记载，从秦代到清代光绪年间，东海神庙祀典计有九十五次，仅清代就达四十八次之多。莱州东海神庙俨然成为国家海神祭祀中心。

康熙二十一年（1682）三月，春暖花开，宗人府府丞李廷松奉旨祭海。一路上所经州府要员恭敬迎陪，场面热闹。

《再续掖县志》之《祭海大事记》（莱州市博物馆藏，司书景摄）

而祭海礼仪十分繁缛，有一整套谨严而隆重的制度。根据康熙《莱州府志》记录，祀典前十日须备坛庙、神厨、宰牲房、斋宿所；查验修整庙中设施，最重要的是祭器，计有牲匣案、祭品案、祝案、酒樽案等近三十种；祭品有羊、豕、黍米、稻米、酒等十几类；祀典计有十余种礼仪操作规制，如斋戒仪、陈设仪、迎神仪、初献仪、亚献仪、终献仪、撤馔仪等。可说是祭器考究、祭品丰富、典仪繁细。大典之时，神祇牌位按方位顺序排列，各种祭品祭器的数量依尊卑次序安放。主祭官李府丞一行提前一日到庙。李视察神位，从官分别检查祭品，之后入斋所住宿并素食，以表虔诚。祭祀时，官吏们穿戴祭服齐整，赴神位前盥洗、上香、行礼、奏乐舞、饮福酒。此时香烟缭绕，鼓乐齐鸣，盛大庄严。祀典期间也是庙会，附近庄农渔人纷至沓来，熙熙攘攘，上香者，卖货者，售药者，占卜者，应有尽有，一时人声鼎沸，好一派繁荣景象。

中国史书中以"礼志"或"郊祀志"面目出现的，是一种随王朝更迭的"正统宗教"，它具有严密的制度和大体不变的承传，并与政治礼制合为一体。海神祭仪正是国家政治典礼中的一种宗教活动。人类学家把宗教功能分成三类，生存功能，适应功能，整合功能。基于疆土稳固和政治、经济维持稳定的需要，这种宗教活动侧重的是"整合功能"。盛大庄严又带有神秘色彩的仪式强化了皇权观念，展现了朝廷威望，客观上说对整合社会群体的向心力是有意义的，这或许就是海神庙屡屡举行大典的真正目的所在。

2. 渔船的慰藉

清朝人赵翼的书《陔余丛考》中说，相传如在大海中遇见风暴，发出号呼求救之声，往往会有红灯或神鸟出现，指示大家脱险，这就是海妃在显灵。书里所讲海上神灯正是民间流传的"娘娘送灯"的传说。

所谓"海妃"，指的是妈祖神，山东沿海人多称"海神娘娘"。渔民海上遇险，祈祷搭救，海神娘娘就会送灯来，红灯挂在不同桅杆的不同方位，明示此行的安危，照此导航就会脱险。旧时荣成等地用于海上运输的船有"犋子"与"栝篓"，两种船上都有神龛，设置在舵楼上层，以供奉海神娘娘。神龛披黄绸帐幔，内里是卧房的样子，有床有被褥，一旁有梳妆台、铜质洗脸盆等物。帐外设供桌，一日三时致祭。"椗子"船上由老大亲自祭拜，而"栝篓"船上有专职香童，由伶俐的未成年男孩充当。清早要端换洗脸水侍奉海神娘娘梳妆，并按时上香。

俗谚云，千棹万橹，不及大风（篷）鼓一鼓。"椗子"与"栝篓"都是木风船，靠风力、人力驱动，风暴来临，难以逃避。如此逼仄的船上，设置考究的神龛，希望"娘娘"能保平安，也算有了一颗定心丸。船一旦在海上迷失方向，或遇其他危急时刻，老大就到神龛前跪拜，恳求娘娘送灯指引，同时向神许愿。许的愿一般是全猪一口，唱戏三天。果然脱险的话，老大会报告船主，到天后宫遵诺还愿。上庙拜祭，重要的一项就是向娘娘敬献"愿船"，仿照自家船形，制成模型，献在神前。据说这样便会得到娘娘特别呵护，确保出航平安。长岛天后宫从前有"愿船"数百只，包括元代的。

对于"娘娘送灯"，过去老渔民都深信不疑。谈到这话题，他们都会说出种种相关经历，并言之凿凿。据说，有位外地人来荣成探亲，在炕上与陪客喝酒吃饭，欢言谈笑间，一时问起"送灯"的事情，表示难以相信，并提出反驳。不料陪客的渔民竟勃然大怒，掀翻了桌子，拂袖而去。实际上这种质疑，已经触及渔民们信仰的底线。对于终日在海上的渔民而言，自身生存利益的保护者容不得侵犯，能在忧虑挫折中得到慰藉与寄托，靠的就是这一重要的精神支柱。民俗学认为，民俗信仰的实质是求吉、禳灾，是一种世界观，解释人与自然的关系；又是一种人生观，解释人的生死、人与人的关系。"海神娘娘"的传说，多集中于送灯的主题，在此基础上形成妈祖文化，也就是妈祖神圣化的过程，是人们将美善观念加以凝聚的造神过程，而美善正是儒家仁德的精髓。"娘娘"信仰正是将神秘的未知世界还原为世俗的一种理性存在。

3. 砖雕里的信仰

2013 年 6 月，在长岛县南长山街道的一些老房子中间，有人意外发现，门牌为"乐园村 245 号"的墀头砖雕竟是早已湮没不显的鲸鱼崇拜风俗遗迹。

长岛民居大门（司书景摄）

长岛民居大门墀头砖雕"赶鱼郎"（司书景摄）

这家门楼有左右两块墀头，图案完整，纹饰大致相同，都是方形阳刻，施彩绘，一块颜色已脱尽。主图案刻仙境图，一乘浪大鱼摆尾仰首，正喷云吐雾，云雾弥漫间有亭台楼阁。边饰为暗八仙纹。图中大鱼正是当初海岛人视若神明的鲸鱼，俗称"赶鱼郎"。因鲸鱼常追赶鱼群入网，渔民称之为"赶鱼郎"，也称它为"老人家""老赵（财神）"。关于"赶鱼郎"，当地流传着这样一个故事。

大概在晚清时，长岛北隍城岛有个姓刘的船主，从东北营口往回运石灰。做这营生可是危险得很，石灰要是吸进海水就会发硬发沉，弄不好船就要坠沉。这天，石灰装上了，刘姓船主心里一直扑通着总打鼓，很害怕遇上风。世间事就是这么凑巧，船刚出发，就起了风。海上遇见雾露天，一时啥也看不清，浪头更是掀得老高。船上的人都发怵，船主更是暗喊倒霉。说来也神，不管风浪有多大，这船不偏不歪，很稳当。大伙儿直纳闷，不知是咋回事。船上的香童十二三岁，眼尖，一下子看见船尾处有两条大鱼跟着，贴着船帮，一边一条。香童赶紧告诉船主，说："舅舅，船后有两个'老人家'。"这下大伙都明白了，原来是鲸鱼尾随护船。于是就赶紧烧香烧纸，送米送饭。就这样，鲸鱼一直跟着他们，等船靠了港才不见踪影。上了岸，刘姓船主逢人就说，他的命是"老人家"给救的。从此以后，岛上的人对鲸鱼就更加敬畏和崇拜了。

引导渔船免遭海难，鲸鱼俨然就是渔人神秘的保护神。其实鲸鱼崇拜，也可看作龙王信仰的内容，旧时龙王庙里就有涂着黑面的鲸鱼兵将塑像。《烟台水产志》记载："灰鲸，体长五米以上，每年的四五月，尾随小黄鱼群，由黄海中部经烟威渔场进入渤海。六十年代前，常以灰鲸出没作为投网的标记。之后，小黄鱼资源衰竭，灰鲸基本绝迹。"由此可见，所谓"龙兵过"，是鱼群招致鲸鱼出现，而见鲸鱼来即下网，多能得鱼颇丰，这正是"赶鱼郎""老赵"名号的来由。渔人视鲸鱼到场为吉兆，才会有倾献饭食、焚香烧纸、奏响锣鼓的酬神场面。

有意思的是，从称谓、祭品看，鲸鱼算是渔人最亲密的神。"赶鱼郎"，好像称自家儿郎；"老人家"，是可亲的老爷子；"老赵"，更是像称呼熟悉的老伙计。祭品也是日常的干粮，完全以家常礼对待它，在敬意中带着亲昵的成分。正因为亲昵的态度，渔人才会将鲸鱼形象刻在墀头，让它像家人般相伴。

参考文献

[1] 中华书局编辑部编:《"二十四史"》(简体字本),中华书局 2000 年版。

[2] 赵尔巽等著:《清史稿》,中华书局 1977 年版。

[3] 《天一阁明代方志选刊续编·嘉靖山东通志》,上海书店出版社 1990 年版。

[4] 张曜、杨士骧等修,孙葆田、法伟堂等纂:《山东通志》,上海古籍出版社 1991 年版。

[5] 杨伯峻撰:《列子集释》,中华书局 2016 年版。

[6] 刘向撰,向宗鲁校证:《说苑校证》,中华书局 1987 年版。

[7] 圆仁著,广西师范大学出版社编:《入唐求法巡礼行记》,广西师范大学出版社 2007 年版。

[8] 韩昇著:《东亚世界形成史论》,复旦大学出版社 2009 年版。

[9] 王志民总主编:《山东区域文化通览》,山东人民出版社 2012 年版。

[10] 刘凤鸣著：《山东半岛与东方海上丝绸之路》，人民出版社 2007 年版。

[11] 山东省政协文史资料委员会编：《记忆山东·记忆半岛海疆》，山东人民出版社 2017 年版。

[12] 《山东省志·诸子名家志》编纂委员会编：《戚继光志》，山东人民出版社 1999 年版。

[13] 王海鹏著：《微观视野中明清山东海防文化研究》，人民出版社 2023 年版。

[14] 刘焕阳主编：《历代诗咏烟台·威海总汇》，山东人民出版社 2020 年版。

[15] 刘守华著：《中国民间故事史》，商务印书馆 2012 年版。

[16] 丁鼎主编：《昆嵛山与全真道》，宗教文化出版社 2006 年版。

[17] 赵卫东著：《金元全真道教史论》，齐鲁书社 2010 年版。

[18] 刘学雷著：《昆嵛山文化研究丛书·口述传说篇》，国际文化出版社 2015 年版。

[19] 山东省地方史志编纂委员会编：《山东省志·民俗志》，山东人民出版社 1996 年版。

[20] 山东省地方史志编纂委员会编：《山东风物大全》，世界知识出版社 1990 年版。

[21] 山曼、单雯编著：《山东海洋民俗》，济南出版社 2007 年版。

后　记

　　《丛书》的编纂，是在山东省委宣传部直接领导下完成的。省委常委、宣传部部长白玉刚同志统筹策划部署，并担任编委会主任，多次主持召开编委会会议，提出明确目标要求和指导意见。省委宣传部分管日常工作的副部长、省文明办主任、省新闻办主任袭艳春同志对本书的立项出版、风格设计等方面提出了许多宝贵意见。在魏长民、毕司东、程守田、张同海、冷兴邦等同志的大力指导支持下，以教育部人文社科重点研究基地山东师范大学齐鲁文化研究院为学术挂靠单位，组建了《丛书》编纂学术委员会，具体负责编纂工作。山东师范大学特聘资深教授王志民任主任，山东大学儒学高等研究院教授杨朝明、中共山东省委党史研究院原一级巡视员韩延明、鲁东大学原副校长刘焕阳任副主任，全省相关高校、科研单位的15名学者为委员。

　　编纂过程中，《丛书》被列为山东省社科规划3个重大委托项目和16个一般项目。杨朝明为传统文化重大项目组首席专家，韩延明为红色文化重大项目组首席专家，刘焕阳为河海文化重大项目组首席专家。编委会经反复研讨，制定了《编撰体例》《编撰指导意见》；在省委宣传部支持下，采取主任统一领导与首席专家具体负责相结合的方式，认真落实各卷主编为质量第一责任人、首席专家和学术委员为主要质量把关人的运作机制；多次召开线上与线下、全体与分组相结合的研讨会，对提纲设计、样稿研讨、通稿审稿等关键环节，深入研讨、反复审议，编委会与全体编纂人员团结合作、齐心协力，付出了艰辛劳动。山东文艺出版社提前介入，对编纂工作和撰稿体例等提出了许多宝贵意见。在此，我们谨向为《丛书》编纂付出心血的各位领导、专家、作者和所有相关同志们表示诚挚感谢！

本册编纂，得到首席专家刘焕阳教授和学术委员吴欣教授、仝晰纲教授、马树华教授、李兆禄教授、王振星教授的悉心指导，并得到了山东省文旅厅以及相关市文旅局的热情帮助。鲁东大学刘凤鸣教授担任主编，全面负责本册的编纂工作。具体分工如下：导语由刘凤鸣撰写；第一部分由陈佳撰写；第二部分、第六部分由黄修志撰写；第三部分由王海鹏撰写；第四部分由郭晨炫撰写；第五部分由刘学雷、田茂泉撰写；第七部分由司书景撰写。鲁东大学胶东文化研究院负责人刘玉诚参与了提纲的拟定和部分书稿的修改。研究生李佳璠、李洁、王媛媛、闫晓涵、路棣、李继超、胡露丹、庞颖等同学参与了相关故事的资料搜集和撰写整理。

由于水平和条件所限，不妥之处在所难免，欢迎有关专家和广大读者批评指正。

编者

2023 年 8 月